Nest

B. Siân Reeves

Gomer

Cyhoeddwyd yn 2009 gan
Wasg Gomer, Llandysul, Ceredigion SA44 4JL

ISBN 978 1 84323 948 2

Cydnabyddir nawdd Academi

Dymuna'r cyhoeddwyr gydnabod cymorth
Cyngor Llyfrau Cymru.

Argraffwyd a rhwymwyd yng Nghymru gan
Wasg Gomer, Llandysul, Ceredigion.

I
Tony, Dafydd a Gwenllian

Rhagymadrodd

Ymhlith ei lu o gerddi, mae'r bardd Dafydd ap Gwilym yn canu i nifer o fenywod. Mae dwy o'r merched hynny, Dyddgu a Morfudd, yn adnabyddus iawn, ond mewn cywydd o'r enw 'Angof', mae Dafydd ap Gwilym yn moli merch o'r enw Efa.

Nid cerdd i Morfudd yw hon, oherwydd roedd Morfudd yn briod, a cherdd i ferch ddi-briod yw 'Angof'. Nid yw chwaith yn gerdd i Dyddgu oherwydd, yn wahanol iddi hi, mae'r ferch hon yn nwydus ac yn llawn angerdd cariad.

Ai Efa ddychmygol yw hi? Neu Efa o'r Beibl, un nad oedd llawer o barch tuag ati yn yr Oesoedd Canol, a bod beiddgarwch nodweddiadol Dafydd yn y moli? Beth os oedd hi'n ferch o gig a gwaed a bod Dafydd yn canu fan hyn i'w wir gariad, heb gymhlethdodau o'r fath yn y byd? Beth os taw'r Efa hon, yn anad neb, oedd ysbrydoliaeth ei awen? Y tu ôl i bob athrylith mae yna berson anweledig, tawel sy'n ffynhonnell ac yn ysbrydoliaeth i'r creu. Ai Efa oedd honno i Dafydd ap Gwilym?

Angof

Efa, arglwyddes fonheddig, dduwies dawn.
Ofer fyddai dadlau gyda'r un sydd â'i gwedd fel eira cyn
Ystwyll – na ddylet ti ddatod y cwlwm rhyngom . . .

Mae'n debyg, ferch o anian anghall, nad oeddit yn
f'adnabod (creulon yw twyll).
Oeddet ti'n feddw llynedd? Em fach hudolus, fythol
hudol . . .

Paid â bod yn hen ferch wael – nid yw angof yn dda i
neb, mae'n arwain at bryder: Cei awdl ac englyn.
Dy wallt yw tŵr dy gorff, mae'n fantell aur deg.
Ceisia gofio, Efa brydferth, dawel, nad oeddit ti wedi
bwriadu fy ngharu o ddifrif.
Nid oes cof da gen ti, Efa deg.
Paid â bod yn anffyddlon –
Paid anghofio'r nwyd gynnes a gawsom.
N'ad tros gof ein wtres gynt.

1350, Gaeaf y Pla

Dafydd, Talyllychau

Pla'r tlodion yw'r Pla Du.

Fe fydd yn ymddangos gyntaf yn ardaloedd tlotaf y dref, cyn taenu ei lid dros bob man fel menyn ar dafell. Mor gyflym yw ei grwydr. Ar yr ail ddydd, medden nhw, daw'r tiwmor du, y croen yn tywyllu, yna'r tyfiant yn y morddwydydd. I'r sawl a ildia'n gyflym iddo, daw marwolaeth cyn machlud y trydydd dydd.

Un ateb yw ffoi rhagddo.

Erbyn i ni glywed bod y pla wedi cyrraedd Henffordd, gwyddem na fyddai'n hir cyn taro'r Gelli, Aberhonddu, Llanymddyfri. Ond rwy'n hen, rwy'n sâl, ac mae crwydro'n fwy o ymdrech i mi bob dydd. Rwyf ar bererindod olaf, ar fy ffordd i Abaty Ystrad-fflur, lle caf orffwys.

Oedais am ychydig yma, yn Nhalyllychau, er mwyn cryfhau. I weld a allaf ei osgoi.

1347, Aberhonddu

Nest

Merch i felinydd oedd hi. Roedd pawb yn gwybod hynny. Ond cefais i wybod mwy amdani, ac am ei blwyddyn yn llawn geiriau.

Cafodd Efa, fy mam, ei magu'n freintiedig ac yn rhydd i grwydro'r marchnadoedd y tu mewn i furiau'r castell. Fel melinydd prysur, roedd gan ei thad freintiau a hawliau masnachu yn y fwrdeistref, a phan oedd hi'n blentyn roedd Mam yn gwbl ddall i wawd y dref tuag atynt fel teulu.

'Does neb yn hoffi dyn sy'n rhy lwyddiannus ac yn rhy gyfoethog,' esboniodd Mam wrtha i. 'Un felly oedd fy nhad. Gall melinydd fod yn gyfoethog iawn, yn enwedig pan fo'r arglwydd lleol yn gorchymyn i bawb, yn gaeth neu'n rhydd, i ddefnyddio'i felin ef yn unig.'

Er hynny, gwyddai nad oedd ei thad, hyd yn oed, yn gwbl rydd o'r Arglwydd Bohun yn y castell a'i bŵer Normanaidd. Cymro oedd ei thad, a rhaid oedd iddo gadw'i ben i lawr os oedd am gadw ei swydd.

'Pan o'n i'n blentyn ro'n i'n crwydro o gwmpas y farchnad i weld cynnyrch y marsiandwyr oedd wedi bod yn hwylio'r moroedd.'

Magodd flas at bethau lliwgar bywyd. At fywyd lliwgar. Daeth i wybod am ffyrdd eraill o fyw ac eginodd ei hysfa i grwydro a gweld y byd. Dechreuodd yr ysfa am ryddid yn ifanc iawn ynddi.

Does dim gobaith gen i, Nest, i gael yr un profiadau; dwi'n gwbl gaeth i fy sefyllfa. Eto i gyd, dwi'n teimlo fy mod wedi bod i'r llefydd hyn, trwy wrando ar ddisgrifiadau byw Mam.

Meddai unwaith: 'Gwranda, Nest, wyddost ti'r porthmyn sy'n pasio heibio'r dref, i yrru'r da i bori gwair brasach Lloegr?'

Ro'n ni'n sefyll y tu allan i furiau'r dref a'n breichiau'n llawn brymlys sych i'w werthu; yn gweiddi ar y bobl a âi heibio:

'Newydd ei sychu – rhowch beth uwch eich gwely rhag y pla!'

Roedd oerfel y gaeaf wedi dechrau'n gynnar ym mis Tachwedd y flwyddyn honno, gyda'r barrug yn brathu ac eira'n disgyn yn drwm. Mae'n rhaid 'mod i'n ifanc iawn, bron â llefain gan oerfel dan draed a'r eira'n fy nallu.

O'n, ro'n i wedi gweld y porthmyn yn cyrraedd sawl tro ar ôl dilyn ffordd yr Epynt o Langamarch a Thregaron. Y porthmyn swnllyd a deniadol, a'r gynffon hir a blêr o bob math o bobl oedd yn eu dilyn.

'Byddan nhw'n cyrraedd heddiw, gei di weld. Beth wyt ti'n meddwl mae'r bobl sy'n eu dilyn yn y cefn yn ei wneud?'

Ond doedd dim ateb gen i. Ro'n i'n rhy oer i chwarae gêmau dyfalu.

'Minstreliaid ydyn nhw, a beirdd coch. Os arhoswn

ni, mi glywn ni nhw'n gweiddi cerddi sâl am sgandalau bywyd llys. Neu efallai bydd ganddyn nhw straeon am faeddiaid gwyllt ac am heintiau erchyll y dyffrynnoedd. Dyna pam maen nhw'n cerdded y bryniau uchel, Nest. Rhag y drwg.'

Roedd yr heintiau'n agosáu atom bob dydd, a dilyn y porthmyn ar yr hen lwybrau uchel yn ffordd dda o osgoi perygl a'r pla.

'Dwi ddim eisiau clywed cerddi sâl na straeon am faeddiaid gwyllt. Fe gaf i hunllefau.'

'Iawn, cariad, dim heddiw, 'te. Dere, mae'r eira'n dechrau lluwchio. Fe awn ni'n ôl adre.'

'Beth am y brymlys, Mam?'

'Does dim mynd ar y gwerthu heddiw. Efallai fod pobl yn dechrau amau ei werth.'

Byddai'n llawer gwell gen i glywed am hynt a helynt Mam pan oedd hi'n ferch ifanc, yr ochr arall i'r muriau yn cael crwydro'r farchnad yn rhydd. Am y strydoedd lle gwelai stondinau ffwr o Rwsia, sidan o Sbaen, gwydr o'r Eidal, sbeisys o Asia. Marsiandwyr, y glêr a'r porthmyn yn teithio o le i le. O fwrdeistref i fwrdeistref. A'r gwragedd tew a werthai lysiau. Daethant â nwyddau newydd ac anghyffredin i'r fwrdeistref. Roedd rhamant yn eu bywyd teithiol.

'Dyma ti.'

Rhoddodd Mam ei mantell o'm cwmpas i'm cynhesu, ac wrth gerdded adref dechreuodd greu darlun cyffrous o farchnad ei phlentyndod.

'Ro'n i'n anwybyddu stondinau diflas, di-nod, di-fflach y crefftwyr lleol. Nwyddau drud a hen ffasiwn ar werth drwy ffenest eu tai. A'r hen wynebau blin yna – yn llwyd, fel uwd oer. Roedd hi'n amlwg i bawb fod bargen a lliw ar fyrddau hael, agored y marsiandwyr. Ac roedden nhw'n galw'n uchel, i ddenu sylw.'

Fe fyddai hi'n eu dynwared.

'Llysiau a ffrwythau o'r wlad! Dewch i'w prynu! Prynwch! Tyrd yma – ie, ti! Merch y melinydd wyt ti, ontife? Mae digon o arian 'da ti! Dyma faip a moron i ti, i'w coginio gyda'r cig yna . . .'

Oedd, roedd Mam yn cael bwyta cig. Dim cwningen neu sgwarnog neu 'deryn y bwn fel ninnau, ond cig eidion a chig carw. Dim rhyfedd ei bod yn wraig mor gref, yn geni babanod yn ddidrafferth. Roedd meddwl am y cig yn tynnu dŵr i 'nannedd.

Flynyddoedd wedyn, a minnau'n hŷn, daethai'r darlun hwn o'r farchnad yn fwy cyflawn.

'Un bore, sylwais fod stondinau un neu ddau o'r crefftwyr lleol wedi cau,' meddai Mam. 'Doedd dim gobaith ganddyn nhw i gystadlu yn erbyn y marsiandwyr teithiol. Bydden ni'n sylwi ar eu ffenestri yn aros ar gau. Roedd melin Nhad yn dal i fynd o nerth i nerth, a digon o arian gennym i'w wario. A'i wario oedden ni. Ond unwaith roedd y marsiandwyr teithiol wedi cael ein harian, bydden nhw'n codi pac, yn cadw'r stondinau, ac yn teithio ymlaen i'r fwrdeistref nesaf. O un ardal i'r llall. Fel pla.'

Byddai ias yn mynd lawr fy nghefn. Dyna'r rheswm

dros werthu brymlys sych – am fod ar bawb ofn y pla. Byddai'n dod heibio ac yn sgubo pawb a phopeth – yn ddyn ac anifail.

'Sgubwyd nifer o'n teulu a'n ffrindiau mewn mater o oriau. Ro'n ni'n teimlo'n gwbl syfrdan pan fyddai'n pasio.'

Roedd Mam yn ein paratoi ar gyfer yr anochel. Roedd hwn yn cyffwrdd pawb – pawb yn claddu rhywun annwyl iddynt. Plant, gwraig, babanod, cefndryd. Ac oherwydd bod pawb yn cael ei gyffwrdd ganddo, nid yw'r galar yr un peth â galar cyffredin. Claddu'r cyrff yn gyflym mewn calch; degau o bobl sydd am fynd yn syth i uffern – wedi marw cyn cael cyffesu am y tro olaf.

Doeddwn i ddim eisiau bod yn un o'r llu du. Roedd meddwl am uffern yn codi bron cymaint o arswyd arna i â'r pla ei hun.

'Y tro diwethaf y daeth y pla,' meddai Mam ryw dro, 'roedd y Brodyr yn y priordy yn pregethu am fam ifanc yn dechrau wylo dros ei phlant marw, cyn dweud bod mam arall wedi wylo'n uwch, ac yna un arall eto'n bwhwman ac yn gweiddi bod ei cholled hi'n waeth nag un y ddwy arall gyda'i gilydd. Roedden nhw'n pregethu nad oes diwedd i'r dioddef na dim cyfri ar faint sy'n marw a bod rhaid cael dagrau tawel a braw dychrynllyd i gyd-fynd â'r pla.'

Diolch byth, nid ar y ffordd 'nôl o werthu'r brymlys y cefais glywed am hyn. A'i mantell yn dynn amdanaf, roedd stori'r farchnad yn parhau'n gyffro a'r hunllefau'n ymbellhau :

'Y sŵn y tu mewn i furiau'r castell, Nest fach, roedd yn fyddarol! Cyffrous. Atsain ar ben atsain, gweiddi'r marsiandwyr, canu meddw, cwyn a broliant milwyr wedi clwyfo, gitâr a liwt y minstreliaid. Yna'r beirdd teithiol, y glêr, yn adrodd straeon coch a doniol. Ar adegau byddai'r glêr wedi taro bargen gyda gwerthwyr sidan ac yn gwisgo dillad o'u defnyddiau glas a phorffor a melyn llachar. Yna, fe fydden nhw'n sefyll yno'n gweiddi'r cerddi cochaf, i ddenu cwsmeriaid at y stondinau mwyaf ecsotig.'

Soniodd am ieithoedd blith draphlith yn cytuno ac anghytuno â'i gilydd. Cymysgedd o Ffrangeg a Saesneg a siaradai Mam yn y farchnad, ond clywai Gymraeg hefyd, o blith y glêr ac yn ei chartref.

'Weithiau, byddwn i'n sefyll ger stondinau i wrando ar yr ieithoedd byrlymus o ben draw'r byd ac yn syrthio mewn cariad â phryd a gwedd y bobl anghyfarwydd, ddeniadol. Denwyd fi gan deithio. I ffwrdd. Ymhell. Roedd rhyddid gen i i grwydro, ond fyddai hynny ddim yn parhau lawer mwy.'

Oedodd.

'Yn un ar bymtheg ro'n i'n dod at oedran priodi, cael plant, bod yn wraig. Ro'n i'n teimlo mai caethiwed fyddai hynny, ac mai'r unig ffordd o osgoi'r peth fyddai ffoi. Dilyn bywyd crwydrol y beirdd, a dal gafael ar fy rhyddid.'

'Ond Mam, roeddet ti'n rhydd yn barod – yn fwy rhydd na fydda i byth!'

Roedd hyd yn oed plentyn bach yn gallu deall hynny.

Erbyn i mi aeddfedu, roeddwn yn deall bod yna raddau i ryddid, a bod Mam yn fwy caeth bryd hynny nag erioed. Rhyddid meddwl, rhyddid llwyr oedd ei dymuniad. Sylwi ar bethau, ar bobl, a'u hamsugno a wnâi orau. Gwrando ar y cerddi a'r straeon, cofio am y lliwiau a'r arogleuon. Dal gafael arnynt a rhyfeddu atynt, fel plentyn.

Bywyd gwahanol iawn oedd fy mywyd i, ac allwn i ddim dychmygu dianc rhagddo. Roedden ni'n gorfod byw tu allan i furiau'r castell a'r fwrdeistref, ac fel Cymro heb statws nac eiddo, doedd dim rhyddid na hawliau gan Tada.

3

Dafydd

Ond nid oeddwn wedi ennill y blaen arno. Cyn gynted ag y cefais fy nghroesawu yn yr abaty gan un o'r Brodyr – ei lygaid yn goch, a'i dafod yn chwyddedig-felyn – sylweddolais fy mod yn ei chanol hi. Gwelais ar unwaith nad oedd un lle i ddianc a buan y daeth y gwres, y chwydu, a'r cur pen i afael yn y Brodyr Llwydion yn Nhalyllychau. Y pendro a'r boen, yr apathi a'r deliriwm. A nawr, lai nag wythnos ers i mi gyrraedd, dim ond yr abad sydd ar ôl. Yr abad a minnau, Dafydd ap Gwilym Gam, pencerdd ar ddarfod.

Daw ofn y pla ac ofn marwolaeth law yn llaw. Anaml y bydd gwellhad rhag y Pla Du. Gall dyn fod yn holliach un bore, cyn dioddef marwolaeth flin ar doriad gwawr drannoeth! Dyma aflwydd sy'n sgubo ymaith drefn ein bywydau ac ymddygiad gweddus. Cosb o darddiad dwyfol ydyw hwn. Mae fy ffydd innau'n gref, ac ar bererindod ddiwedd oes rwy'n erfyn am faddeuant. Ond a fydd hynny'n ddigon i f'arbed?

Fe all yr ifanc ffoi, er mwyn osgoi anadlu'r un awyr â'r claf; gallant chwilio am dŷ cysgodol heb ffenestri ac eistedd wrth ymyl tân crasboeth. Dyma gyngor y ffisigwyr. Neu gallant ymdrechu'n galetach i gysylltu â Duw mewn ffordd bersonol, anesboniadwy, a dwys. Cyngor y Brodyr yw hyn. Neu gallwn gario blodau, perlysiau a sbeisys ac ymosod ar bobl ddieithr sy'n llygru'r ffynhonnau. Dewisa pawb ei ddull ei hun. Ond methu wnânt i gyd.

Un dewis sydd ar ôl i mi: af ati i ganu fy ngherddi gorau am natur a chariad. Oherwydd mae meddyliau hapus a braf yn ein gwarchod rhag y pla hefyd. Fe ŵyr pawb hynny. Ond nid y tro hwn, efallai . . . 'fy nihenydd fydd y ferch.'

4

Nest

Diflas iawn oedd ein bywyd ni o gymharu â straeon lliwgar Mam. Yr unig newid byd fydden ni'n ei brofi fyddai'r tywydd a'r tymhorau. Ond pan oeddwn ar droi'n bymtheg oed, a haul hydref yn fodrwyau aur ar y pridd coch, daeth cyffro arall i'n rhan, a hynny ar ffurf marchog.

'Un tywyll, peryglus a hardd. Ar gefn ei geffyl, Mam!'

Roedd Rhys a finnau newydd ei weld – Richard de la Bere. Doedd dim byd mwy anturus wedi digwydd yn ein bwrdeistref ers tro – wel, erioed. Doedd dim cynnwrf fel hyn wedi rhuthro drwy furiau'r castell yn garnau ac yn ffroenau i gyd. Gwirionodd pob geneth ifanc arno, gan ruthro i ddweud hynny wrth ei mam. Roedd ei groen yn goch, yn frown, yn aur. Beth bynnag ydoedd, roedd yn wahanol. A'r diwrnod hwnnw roedd yr haul ar y pridd coch âr, yr un lliw a'i groen dieithr. Croen oedd wedi bod ymhell. Croen gwydn oedd wedi gwrthsefyll tywydd mawr a brwydrau garw. Am ennyd, collodd Rhys ei apêl; ymddangosai'n llwyd a gwan.

'Dwyt ti ddim yn gwybod beth yw gwir harddwch!' meddai Mam, yn ddiamynedd â mwydro ei merch hynaf. 'Mae 'na bobl harddach o lawer i'w cael!'

'Yn lle?' holais innau'n llawn chwilfrydedd. 'Dangos i mi lle, i mi gael mynd yno!'

Roedd ymateb Mam yn nodweddiadol ohoni. Gwahanol i ymateb mamau eraill. Roedd hi'n paratoi brymlys ar gyfer ei sychu yn y mwg a godai o'r tân. Prin yr oeddwn yn gallu ei gweld gan fod y mwg mor drwchus. Roedd brymlys sych yn cadw pryfed a llygod mawr draw. Dywedai rhai fod y pla yn chwythu heibio i gartrefi llawn brymlys yn hongian o'r distiau. Ond dirgelwch nad oedd neb yn ei ddeall oedd hynny

'Ddylet ti di ymweld â'r grog i weddïo a chyffesu, nid llygadu dyn priod,' meddai Mam dan ei gwynt. 'Welaist ti Rhys heddiw?'

Gwenais; roedd hi'n ceisio newid trywydd y sgwrs. Roedd ymweld â grog aur y priordy, sef Crist ar y groes, yn ddefod feunyddiol.

'Do, mi fues yn cyffesu, a do, mi welais i Rhys,' meddwn. 'Yn lle mae'r bobl hardd yma, Mam?' gofynnais eto. Ac ildiodd y tro hwn:

'Fe welais de la Bere mewn neuadd yr un pryd â rhywun dipyn harddach,' meddai Mam. 'Gwallt hir melyn, cyrliog, eitha tebyg i d'un di oedd ganddo, a llygaid byw . . . Bardd o'r enw Dafydd ap Gwilym Gam oedd e. Dyna i ti ddau hardd yn rhannu'r un neuadd. Fuaswn i byth wedi gallu rhagweld y byddai Richard de la Bere yn achosi cymaint o boen i Dafydd.'

Yn sydyn roedd ei llais yn bigog a'i hystum yn stiff.

'Pam, Mam?'

'Wyt ti'n sylweddoli i ble mae Richard de la Bere yn mynd?'

Roedd y dicter a'r casineb yn ei llais yn wedd

newydd arni, nad oeddwn wedi'i weld o'r blaen. Trodd fy nghyffro yn ofn.

'Mae'r bastard yn mynd i Gastellnewydd Emlyn i ladd Llywelyn ap Gwilym, cwnstabl y castell.'

Gafaelodd Efa, fy mam, yn ei bol llawn babi. Roedd hi'n disgwyl ei hwythfed plentyn. Beichiogi, esgor, bwydo. Cawsai faban bob dwy neu dair blynedd. Babanod iach a chryf i gyd; yn goroesi'r crud, bob un.

Roedd yr hen olwg yna'n disgyn ar ei llygaid. Bron y byddai'n edrych yn lloerig weithiau pan fyddai'n dechrau mwydro am amseroedd a fu. Gallwn weld ei bod ar fin ymgolli mewn rhyw felan freuddwydiol am lysoedd a beirdd. Doeddwn i byth yn deall y rhamantu a ddeuai fel petai o unlle. Ei byd hi oedd ei dychymyg byw. Ond heddiw roedd min i'w hatgofion.

'Gofala di rhag dynion fel Richard de la Bere. Yn hardd a chryf. Maen nhw'n defnyddio pobl eraill i gyrraedd at eu huchelgais ac yn cael gwared ar bawb sy'n sefyll yn eu ffordd. Roedd Llywelyn ap Gwilym yn ewythr ac athro barddol i'r bardd gorau welodd llysoedd Cymru. Mi fydd yn cael ei ladd fel mochyn gan y Normaniaid.'

'Ond dyn drwg yw Llywelyn ap Gwilym; mae e'n . . .'

'. . . anonest? Ai dyna oeddet ti am ei ddweud, Nest? Wel nawr, gad i mi weld, beth arall oedd Richard de la Bere yn ei ddatgan mewn llais mawr ar gefn ei geffyl?'

Wyneb tlws oedd gan Mam, a'i llygaid brown golau fel botymau melfed. Ond du oedden nhw nawr, a golwg wyllt oedd arni. Gallwn weld a theimlo bod yr un natur yn gallu corddi ynof i. Eto i gyd, merch ifanc bymtheg oed oeddwn i, a theimladau'n chwyrlïo'n afreolus drwy fy meddwl a 'nghorff o hyd. Doedd dim disgwyl i ddynes dros ei deg ar hugain ymddwyn fel hyn. Ond, fel dywedais, doedd Mam ddim yn ymddwyn fel mamau pawb arall. Aeth yn ei blaen:

'Ydy Llywelyn wedi twyllo pobl Castellnewydd Emlyn a dwyn eu trethi?'

Yn lle rhwymo'r brymlys yn ysgub daclus, dechreuodd dynnu arno a'i dorri'n ddarnau mân. Syrthiai'r darnau wrth ei thraed. Wn i ddim a oedd hi'n ymwybodol o'r hyn roedd hi'n ei wneud, ond roedd rhwygiad yn cyd-fynd â phob sillaf. Torrais ar ei thraws.

'Dyna'n union beth ddwedodd e. A mwy! Mae e wedi esgeuluso'r castell. Mae angen ei adnewyddu. Mi fydd yn costio tri chan punt. Tri chan punt, Mam! Dychmyga'r holl arian yna.'

Mae'n siŵr na allai Mam gredu ei chlustiau. Ei merch yn siarad geiriau'r concwerwr. Dyna ni. Roedd y peth wedi digwydd. Roedd y genhedlaeth a ddeuai ar ei hôl yn dechrau anghofio pwy oedden nhw. Roedd ein bwrdeistref yn blith draphlith o Saeson, Ffrancwyr a Chymry, a'r bobl dlotaf yn Gymry bob un. Naturiol oedd eu bod eisiau esgyn o'u tlodi, symud i ffwrdd, peidio â bod yn Gymry. Ond doedd Mam ddim yn barod i anghofio pwy oedd hi, na phwy oedd Llywelyn ap Gwilym chwaith.

'Nag wyt ti'n sylweddoli eu bod nhw'n dweud hynny amdanon ni i *gyd*? Dweud ein bod ni'r Cymry i gyd yn anonest? Maen nhw'n dweud bod cyfraith newydd ar ei ffordd sy'n datgan yn glir na fydd unrhyw Gymro yn cael dal swydd bwysig yn agos at y brenin dim mwy. Dydyn ni ddim yn cael gwerthu nwyddau yn y farchnad, chwaith, heb dalu crocbris.'

Gallwn glywed Tada a'r plant yn agosáu.

'Bydda'n dawel, Mam, mae Tada o fewn clyw.'

Rhy hwyr. Roedd ei meddwl ar chwâl ac yn bell i ffwrdd. Gallwn synhwyro ei bod am ddechrau ar un o'i hanesion am ryw oes o'r blaen. Am brofiadau oedd yn esbonio pam nad oedd hi fel mam pawb arall. Pan oedd hi'n bymtheg oed fe aeth fy mam i grwydro. Doedd dim yn anarferol am hynny, ac eto nid mynd gyda'r porthmyn na'r gwragedd gwerthu llysiau wnaeth hi. Fe benderfynodd hi ddilyn ciwed o feirdd ar eu teithiau o lys i lys am flwyddyn gron, o Fai i Fai. Dilyn un bardd ifanc yn arbennig, ac am gyfnod roedd hi'n rhydd ac mewn cariad.

Daeth Tada i'r tŷ un stafell a chwifio'i freichiau i gael gwared â'r mwg. Dyn byr, cryf, dibynadwy oedd e, yn meddwl y byd o Mam, ond nad oedd yn gwybod y nesaf peth i ddim am ei gorffennol yn crwydro llysoedd Cymru. Doedd dim disgwyl iddo wybod. Doedd dynion caeth fel Tada ddim yn gwybod am fywyd y llysoedd. Rwy'n siŵr nad oedd e'n deall sut gallai bardd ddibynnu ar ddynion cyfoethog fel Ifor

Hael am fywoliaeth. Byddai meddwl am osod geiriau gyda'i gilydd mewn trefn, a chael bwyd a diod a llety am wneud hynny, yn siŵr o wneud iddo chwerthin. Gosod darnau o fawn yn eu trefn y mae dynion yn ei wneud, neu goed tân.

'Mae gen i fwy o frymlys i ti, Efa. Gad i ni fanteisio ar y mwg yma a sychu cymaint ag y gallwn ni, cariad. Mae pla ar y ffordd o'r dwyrain. Mae pobl Henffordd yn marw fel pryfed.'

Ro'n ni'n tyfu brymlys yn hawdd – neu'n ei gasglu'n wyllt ar y tir corsiog ger llynnoedd a nentydd. Ceir digon ohono ar lannau'r Wysg, gyda'i ddail llwydwyrdd, blewog yn tyfu gyferbyn â'i gilydd. Mae'n hawdd ei adnabod – yn flodau cochlyd-biws neu las awyr haf, mewn clystyrau crwn o ddeg i ddwsin.

'Tusw priodas tylwythen deg,' meddwn i a'm chwiorydd wrth ein gilydd wrth ei gasglu'n ffres. A byddem yn gadael un tusw – y tusw gorau – ar ei chyfer hi, y dylwythen brydferthaf un. Yn enwedig pan oedd Mam yn feichiog.

'Cofiwch, ferched, fod olew'r planhigyn ffres yn gallu erthylu babi, fel sinsir, persli a phaderau Mair,' byddai Mam yn ein siarsio. 'Ond yr olew yma hefyd sy'n cadw chwain draw, a'r blodau sy'n ennyn ffafr y tylwyth teg i adael llonydd i'r newydd-anedig, pan ddaw.'

Pesychodd Tada'n gas. Gallwn ddweud nad y mwg yn unig oedd yn achosi'r sŵn fel graean ar garreg yn ei lwnc. O gofio'n ôl, roedd fel petai rhyw anhwylder ar Tada o hyd.

'Ti sy 'na, Nest? Rho'r brymlys yma i dy fam. Dwi'n ceisio'i gael e i gyd cyn i'r glaw ddod.'

Doedd dim golwg hanner da arno. Gweithiai mor galed, fel pob dyn caeth arall yn y fwrdeistref. O fore gwyn tan nos yn trin y tir. Nid ein tir ni, ond tir yr Arglwydd Bohun; ac roedd Tada, fel y tir, yn berchen iddo fe yn ddigwestiwn.

Aeth allan yn ddisymwth. Doedd Tada byth o gwmpas am yn hir. Dwi'n credu y gallai synhwyro weithiau fod Mam yn bell oddi wrtho. Nid yn gorfforol, ond yn feddyliol. Ac er ei fod yn ddyn annwyl iawn, doedd mynd i gwrdd â gofidiau fel hyn ddim yn rhan o'i gynhysgaeth. Rhedai fy mrodyr a'm chwiorydd bach yn wyllt o gwmpas y tân, gan ddal dwylo a cheisio gwneud cylch o'i gwmpas, cyn syrthio a chwerthin yn afreolus, a phery i Mam ddadebru.

'Gad i mi sgubo'r llanast yma.'

Dechreuodd sgubo'r brymlys oedd yn bentwr da i ddim ar y llawr.

'Oeddet ti ar fin dechrau stori, Mam? Gwrddest ti â Richard de la Bere ryw dro? A beth yw athro barddol?'

Ro'n i wedi clywed am Dafydd ap Gwilym droeon. Hwn oedd y bardd roedd Mam wedi ei ddilyn. Ond ro'n i wastad wedi meddwl bod rhywun yn cael ei *eni*'n fardd, a bod y geiriau'n llifo yn eu patrymau yn rhwydd o'u cegau. Dyna oeddwn i'n ei ddychmygu, beth bynnag. Felly roedd sôn am *athro* gan fardd yn chwalu'r hud a'r lledrith oedd o'u cwmpas. Roedd athro gan y bobl fawr i ddysgu iddynt sut i ddarllen, ac roedd llawer o'r mynachod yn athrawon, yn dysgu'r grefft o ysgrifennu. Dewiniaid oedd beirdd – i fod. Roedd meddwl amdanynt yn ddynol fel pawb arall yn difetha'r darlun yr oedd Mam wedi'i greu mor grefftus.

'Rhaid i ti gael athro barddol cyn gallu bod yn fardd go iawn. Rhaid i ti ddod i wybod y cyfrinachau i gyd am sut i farddoni. Dim ond wedyn y gelli ddod yn bencerdd – y bardd gorau. A do, mi wnes i gwrdd â'r mochyn yna, de la Bere. Ond dwi ddim eisiau sôn am hynny nawr.'

Er ei bod wedi gorffen sgubo'r llanast, roedd hi'n parhau i frwsio'r llawr pridd yn rhythmig a chadarn, fel petai'n chwilio am esgus i barhau i siarad am y pethau na fyddai ei gŵr byth yn eu clywed ganddi. Wrth sgubo roedd hi'n gweithio, felly doedd siarad yr un pryd ddim yn wastraff amser.

'Sut felly mae athro barddol Dafydd ap Gwilym yn gallu bod yn gwnstabl i'r castell newydd yn Emlyn?'

Roedd y mwg yn dechrau pylu. Stopiodd sgubo'n sydyn a dod â'i hwyneb yn agos iawn at fy wyneb i.

'Am ei fod yn dod o un o deuluoedd pwysicaf Dyfed. Am ei fod yn ddyn deallus a theg, yn deall gwleidyddiaeth yn ogystal â bod yn ddiwylliedig. Celwydd yw'r cyhuddiadau o dwyll ac anonestrwydd. Mae'n siŵr bod Richard de la Bere wedi lladd cannoedd wrth ymladd dros y Goron, a bod y brenin eisiau ei wobrwyo. Mae'n hawdd iawn cael gwared ar Gymro mewn swydd bwysig – mae'n digwydd yn aml dyddiau hyn – ac wedyn bydd y swydd honno'n cael ei throsglwyddo i Sais neu Norman.'

Problem Mam oedd gwybod gormod, meddwl gormod, poeni gormod. Roedd cefndir y tu ôl i bopeth a ddywedai, cefndir a gyfeiriai at orffennol na allai ollwng gafael arno. Roedd ei bywyd wedi newid, ond ro'n i'n amau, yn dawel bach, ei bod hi'n dal mewn cariad â'r bardd. A nawr, roedd y dyn arall yma yn rhan o'i gorffennol hefyd. Cefais y teimlad bod mwy o gyfrinachau i'w datgelu.

Er bod y babi'n isel yn ei bol, ro'n i'n siŵr bod o leiaf wythnos i fynd. Ond dechreuodd y poenau'n annisgwyl y noson honno, a gallwn weld yn ei llygaid ei bod yn paratoi at yr enedigaeth.

5

Y tro hwn roedd pwyll i'r cyfan. Anarferol iddi hi. Ond noson anarferol mewn sawl ystyr oedd noson geni Lleu, wythfed plentyn Efa. A ffodus yw'r babi cryf sy'n dod yn gynnar a chyflym, achos nid yw'r tylwyth teg yn disgwyl amdano, i'w gipio a'i newid am un o'u hil hwy.

Roedd fel petai Mam yn dod 'nôl aton ni ar yr adeg yma, yn union cyn geni'r babi. Oherwydd bob hyn a hyn yn ystod ei beichiogrwydd byddai'n cilio i'w byd bach ei hun gan fwmian cerddi oedd yn golygu dim i neb – neb yn ein cymdeithas gaeth ni. Roedd hi'n debycach i wraig fonheddig, gyda'i cherddi a'i beirdd.

'Pa fath o farwnad fydd gan Dafydd i'w athro barddol?' Daethai ei llais yn wan o'r gornel. 'A fydd hi'n cael ei chanu'n gyhoeddus yn neuaddau ei noddwyr?'

'Mam fach, gorffwysa nawr. Rho'r gorau i feddwl am ryw bethau mawr, dweud rhyw eiriau mawr. Marwnad wir! Fe wela i at y plant eraill; byddan nhw'n dod i chwilio am fwyd cyn bo hir, a bydd Tada'n barod am rywbeth hefyd.'

'Ond Nest! Fe fydd Dafydd yn siŵr o gyfansoddi marwnad i'w athro barddol.' Chwarddodd cyn dweud, 'Nadu ar ôl i rywun farw.'

'Dyna ddigon o sôn am farwolaeth nawr! Mae bywyd newydd ar fin cyrraedd.'

'Ond Llywelyn ap Gwilym roddodd gyfrinachau'r beirdd i Dafydd. A chan 'mod i yno, mor dawel a chuddiedig, fe'u clywais innau nhw! Fi! Efallai mai fi yw'r unig ferch i'w clywed erioed!'

Dyma'r chwedleua a gawn bob tro ganddi wrth iddi setlo lawr a gwneud ei nyth. Roedd y poenau'n dechrau dod yn gyson nawr, ddim yn rhy agos at ei gilydd, ond yn ddigon rheolaidd i wybod ei bod hi am aros yn ei hunfan nes y clywid sgrech y babi.

Dechreuodd sôn eto am ei chyfnod yn dilyn Dafydd ap Gwilym. Cofiai Mam am Llywelyn ap Gwilym yn hyfforddi Dafydd ar y daith honno flynyddoedd maith yn ôl. Trosglwyddai gyfrinachau'r beirdd iddo bob awr o'r dydd. Erbyn diwedd ei hyfforddiant byddai'n

Dafydd bencerdd. Mam oedd yr un fach dawel a glustfeiniai bob cyfle.

'Dwi'n gwybod, Mam, rwyt ti wedi dweud hyn o'r blaen,' meddwn i, yn ddigon diamynedd. 'Rwy'n gwybod i ti grwydro o gwmpas Cymru a mynd o lys i lys gydag e. Yn gweini mewn gwleddoedd ac yn gwrando arno'n canu ei gerddi diweddaraf i'w noddwyr; paid â sôn mwy am hynny nawr . . .'

'Ond mae'n gymaint o gysur i mi. Dwyt ti ddim yn sylweddoli pa mor annioddefol yw'r boen. Mae adrodd stori a dweud rhywbeth cyfarwydd yn helpu cymaint.'

Daliodd ei hanadl a brathu ei gwefusau nes eu bod yn wyn. Efallai fod awr neu ddwy o'n blaenau, os âi popeth yn iawn. Doedd dim angen galw bydwraig i droi'r babi; ro'n i'n gallu teimlo y byddai'n dod a'i ben yn gyntaf.

Daeth Gweirful i mewn. Deuddeg oed oedd hi ond roedd hi'n llawer mwy ymarferol na fi. Yn fwy ymarferol na Mam hefyd, a dweud y gwir. Teflais un olwg arni a deallodd yn syth beth oedd yn digwydd. Casglodd y plant llai at ei gilydd a'u siarsio i beidio â bod yn wirion heno.

'Gweirful, wnei di . . .?'

Doedd dim angen gorffen y frawddeg. Hon oedd yr un fwyaf mamol yn ein plith, bob amser yn meddwl am beth oedd yn dod nesaf ac yn clwcian o gwmpas y plant bach fel iâr â'i chywion. Doedd ganddi ddim amynedd â'r siarad dwl oedd rhwng Mam a mi.

'Dewch, blant. Shh, peidiwch siarad ar draws eich gilydd. Mae brawd bach neu chwaer fach ar fin dod i'n teulu, ac mae eisiau i chi fod yn dawel, i Mam gael llonydd.'

Byddwn i'n aml yn meddwl pam na allwn i fod yn fwy fel Gweirful. Doedd hi ddim yn naturiol fod y ferch hynaf yn troi at ei chwaer iau i ofalu am weddill plant y teulu. Roedd rhywbeth o'i le arna i, mae'n rhaid; nid oeddwn yn gallu ymddwyn mor reddfol â Gweirful.

'Rwyt ti'n debyg i fi,' fyddai esboniad Mam, 'a Gweirful yn debyg i'w mam-gu.'

Doeddwn i byth yn fodlon ar hynny. Roedd 'na ran ohona i nad oeddwn i byth yn gallu'i dirnad – y rhan yna nad oedd yn debyg i Gweirful o gwbl. Hi oedd yr un oedd wedi gwneud yn siŵr fod yna swper o ryw fath i bawb heno. Doedd dim diddordeb ganddi hi yn y gwrid am Richard de la Bere a'r holl drafod i ddilyn. Roedd yna bethau i'w gwneud. Arhosodd hi ddim i syllu a syllu fel y merched eraill ar wyneb hardd Richard de la Bere. Roedd hi mor gall.

Wedi dweud hynny, roedd pawb yn *disgwyl* i fi, y ferch hynaf, fod wrth law pan fyddai babi arall yn cael ei eni. Roeddwn i wedi dod yn dipyn o arbenigwraig nawr, yn gallu teimlo lleoliad y babi a'r arwyddion oedd yn dweud ei bod hi'n amser gwthio, neu fod angen aros ychydig yn hwy.

Mae'n wir dweud bod cyflwr gwraig sy'n cael babi yn wahanol iawn i'w chyflwr ar unrhyw adeg arall yn ei bywyd. Mae hi'n dweud pethau, yn rhegi'r boen, yn

diawlio'r tad, cyn anghofio'r cyfan wrth roi'r newydd-
anedig at ei bron. Roedd Mam yn gwneud hyn i gyd,
oedd, ond roedd hi hefyd yn datgelu pethau mawr am
ei gorffennol. Gyda phob genedigaeth roedd darn arall
o'i stori yn cael ei ddatgelu. Erbyn hyn, roedd gen i
ddarlun go lawn yn fy meddwl o'i bywyd fel merch
ifanc, rydd, ar grwydr.

'Dwed un o dy straeon, 'te, Mam, os bydd yn dy
helpu i ymlacio . . .'

'Ymlacio?' Prin y gallai siarad. 'Mae'r peth fel gefail
tu mewn i mi.'

Ond buan y byddai'n dechrau ar ei hanesion. Rwy'n
dal i gofio'r tro cyntaf, pan oeddwn tua chwech oed, a
Cynrig, y trydydd ohonom, yn cael ei eni. Roedd
bydwraig wedi dod i helpu; ro'n i'n rhy fach i ddeall.
Roedd yr holl brofiad yn frawychus i mi. Mam, efallai,
yn gallu synhwyro hynny. Gwnaeth arwydd i mi ddod
i orwedd wrth ei hymyl, a dechreuodd sôn am wledd
enfawr a golygfeydd o gyfoeth a gormodedd o fwyd.

'Disgrifia'r neuadd, Mam!'

'Rwy'n gallu gweld tapestri a'r paentiadau lliwgar ar
y waliau.'

Pwyntiodd ei bys at y wal a nodio'i phen ato fel fy
mod innau'n edrych ac yn defnyddio fy nychymyg i
weld. Yn chwech oed, roedd hynny'n hawdd.

'Pam maen nhw'n cael gwledd, Mam?'

'Gwledda ar ddiwedd y Garawys y maen nhw.
Does neb wedi bwyta cig ers chwe wythnos, ac mae'r
ysfa amdano'n enfawr. Ar y pen uchaf, ar lwyfan

bychan, mae Ieuan Llwyd ac Angharad. Pâr ifanc, prydferth.'

Roedd gen i feddwl rhamantus iawn am yr holl sefyllfa ar y pryd, ond wedi dod yn hŷn, des i sylweddoli mai dynion fel ni i gyd oedd y bobl fawr. Ac ni allai na bardd na bwyd da na dim warchod unrhyw un, hyd yn oed y mwyaf cyfoethog, rhag y pla.

'Sut oeddet ti yno?'

Dyma ddechrau ar fy holi di-ben-draw. Fydden i ddim yn peidio bellach nes i mi ddod i wybod popeth.

'Roedd angen pob cymorth posib i baratoi'r wledd. Felly wrth weithio'n galed a chadw 'mhen i lawr doedd neb yn cwestiynu'n rhy fanwl pwy oeddwn i.'

'Beth oeddet ti'n 'wneud?'

'Gosod lliain o'r ansawdd gorau dros fwrdd yr arglwydd, yna cyllell a chrwstyn ffres o fara gwyn wedi eu lapio mewn napcyn. Bara sych yn drensiwr.'

'A hyn cyn bod y bwyd yn cyrraedd! Beth am bawb arall? Oedd byrddau'n cael eu gosod iddyn nhw?'

'Dim ond yr arglwydd a'r gwesteion pwysicaf fyddai'n disgwyl cael cyllell a'r lliain gwynnaf; cario cyllell fyddai pawb arall, a gwneud y tro â hen liain bwrdd.'

Byddai'r hanesyn hwn yn troi'n un o fy ffefrynnau, ac roeddwn bob amser yn ceisio cael Mam i'w adrodd, drosodd a throsodd. Roedd hi fel arfer yn cytuno. Yr un oedd fy nghwestiynau, a'r un oedd ei hatebion. Roedd defod holi ac ateb yn gysur, a rhith ei hatgofion yn beintiad clir fel eiconau'r priordy.

'Beth arall sydd ar y bwrdd?'

'Bowlen arian â chaead siâp eryr yn llawn halen Bae Bourgment, ble'r anwedda haul poeth yr haf byllau bas o heli, gan adael halen i frenhinoedd ac arglwyddi Ewrop. Platiau pren a chwpanau piwter. Mae digonedd o win coch; daeth y casgenni i'r porthladd yng Nghaerfyrddin yn syth o Ffrainc.'

'Pwy sy'n dod i'r wledd?'

'Yma, yng Nglyn Aeron, mae pobl fawr Ceredigion; a marchogion ar seibiant o'r rhyfel yn erbyn Ffrainc. Yn eu plith mae Richard de la Bere. Yn hardd a thywyll. Deniadol a pheryglus. Dyma ddyn sy'n troi'r dŵr at ei felin ei hun. Dyw e ddim eisiau bod yma, yng nghanol y Cymry, ond mae'n defnyddio gwleddoedd fel ffordd o'i ddyrchafu'i hun. Teithiodd yn bell i'r gorllewin ar ran y brenin. Does wybod pwy fydd yno a allai fod yn ddefnyddiol – hyd yn oed mewn gwledd Gymreig. Un rhyfedd yw e. Mae e'n gallu bod yn gas a brwnt, yn tynnu pobl lawr. Neu fe all e swyno'r un bobl a'u cael i weithredu drosto heb lawer o berswâd. Dyma ffefryn brenin Lloegr.'

Richard de la Bere, wrth gwrs. Dim rhyfedd bod yr enw'n gyfarwydd. Oedd, roedd y sôn amdano'n mynd yn ôl yn bell i 'mhlentyndod. Wrth i'r enw godi'i ben unwaith eto, cymerodd amser hir i mi gofio ble yn hollol yr oedd y dyn yma yn fy nghof.

'Dyma nhw'r bonedd yn cyrraedd yn swnllyd ac yn barod am wledda a meddwdod. Glywi di'r ieithoedd i gyd? Cymraeg, Saesneg, Ffrangeg, cymysgedd o

Saesneg a Ffrangeg. Drwy'r trwch. Glywi di'u lleisiau nhw? Yn gyfoeth i gyd, fel melfed.'

'Ydyn nhw 'di dechrau gwledda eto, Mam?'

Roedd fy stumog fach wag, chwech oed, yn ysu am gael mwy o fanylion eu gloddesta.

'Ddim eto. Rhaid aros i'r arglwydd olchi ei ddwylo a llyncu ei gegaid gyntaf.'

Bob tro, ar yr adeg yma yn y stori, byddwn yn rhoi fy hances i Mam a byddai hithau'n esgus ymolchi, cyn chwythu'i thrwyn yn swnllyd, poeri ar y llawr a gwneud sŵn rhechfeydd enfawr, nes ein bod ni'n dwy'n chwerthin llond ein boliau.

'Pwy wyt ti heno, Mam?'

'Richard de la Bere!'

Erbyn hyn, rwy'n gwybod nad oedd hynny'n bosib. Ni fyddai ffefryn y brenin byth yn chwythu'i drwyn fel hyn yn gyhoeddus. Na phoeri. Na thorri gwynt. Gwyddai i siarad yn dawel – ddim yn rhy uchel, rhag ennyn cyhuddiadau o feddwdod, a ddim yn rhy isel, rhag ofn i bobl gredu ei fod yn cynllwynio . . .

'Na, mae pawb yma i fwynhau. A phawb yn gwybod sut i ymddwyn. Dyma'r neuadd fwyaf gwaraidd ohonynt i gyd. Mae Ieuan Llwyd eisiau i'r brenin ei hun glywed am ei wleddoedd.'

'Mae blodyn arbennig gan Ieuan Llwyd, on'd oes?'

'Oes wir, rhosyn arbennig iawn o Ffrainc – *Le Roman de la Rose.*'

'Oes gardd gan Ieuan? Ydy'r rhosyn yn yr ardd?'

Ro'n i'n gwirioni wrth feddwl am wrthrych mor hardd â rhosyn.

'Na, yn y llyfrgell y mae'r rhosyn, mewn llawysgrif werthfawr. Llun yw'r rhosyn ac o'i gwmpas mae geiriau prydferth.'

'Beth mae'r geiriau prydferth yn ei ddweud?'

'Maen nhw'n canu cân o gariad. Mae'r bobl yn y neuadd yn gwybod y gân yn dda. Maen nhw'n gwybod llawer o ganeuon tebyg.'

'Am eu bod nhw'n gallu darllen, ife?'

'Am fod rhai ohonyn nhw'n gallu darllen. Am fod yr un rhosyn ganddyn nhw hefyd, yn Lloegr ac yn Ffrainc, felly maen nhw'n adnabod y rhosyn yn dda.'

'Beth arall sydd gan Ieuan yn ei wleddoedd?'

'Maen nhw wedi dod yma i glywed bardd ifanc sy'n prysur wneud enw iddo'i hun.'

A dyma'r tro cyntaf i mi glywed am Dafydd ap Gwilym, a'r tro cyntaf i mi synhwyro, er yn chwech oed, bod dyn arall, heblaw am Tada, wedi swyno Mam. Byddai Mam bob tro yn sibrwd rhan nesa'r stori, gan fy nhynnu'n agos a'm gwneud yn gyffro i gyd.

'Edrycha, dacw Ieuan ac Angharad yn eistedd o'r diwedd. Dacw'r trwmpedwyr, a thu ôl iddyn nhw mae'r cerfiwr yn cario alarch, ffesant a phaun. Maen nhw'n edrych mor fyw, ond dydyn nhw ddim. Mae'r croen a'r plu wedi'u gosod 'nôl arnyn nhw, ar ôl eu rhostio!'

'Ydy'r saws du 'di cyrraedd?'

'Ydy. Mi wnes i sbecian ar y cogydd yn cymysgu

ymysgaroedd yr adar gyda sinsir, pupur, clofs, gwaed, gwin a halen. Dacw fe – y saws du. Mae e'n gogydd gwych, wyddost di, yn llunio modelau o farsipán i'w dangos rhwng y cyrsiau. Mae Ieuan yn poeni bydd un o'r boneddigion yn y wledd yn cynnig gwell swydd iddo – efallai bydd y brenin ei hun yn dod i glywed amdano!'

'Beth wyt ti'n ei wneud yn ystod y wledd, Mam?'

'Mae tair cyllell gen i. Un i dorri bara, yr ail i glirio'r platiau bara, a'r drydedd i lyfnhau'r platiau. Dwi'n clirio'r bwyd a'r saws o'r byrddau rhwng pob cwrs ac yn rhoi plât glân i bawb. Dwi'n gweini ffrwythau a chaws a hipocras melys – y gwin gorau wedi ei felysu â siwgr, sinamon a sinsir. Mae Ieuan yn dweud bod bwyta ffrwythau'n gynnar yn y wledd yn well i'r corff, yn gwneud y bwyd yn haws ei dreulio. Felly dyma'r afalau a'r gellyg, y cwins a'r ceirios. Cnau, datys ac eirin.'

'Mae'r geiriau mawr yn dod nawr, Mam? Blaundsorr . . . ffrwmenti.'

'Ydyn, dyna ti. A beth sydd ynddyn nhw?'

Gwyddwn yn iawn beth oedd cynnwys blaundsorr a ffrwmenti.

'Potes o laeth almon wedi ei dewhau, gyda reis a physgod, on'd e, Mam?'

'A'r ffrwmenti?'

'Cawl gwenith, llaeth ac almon, sinsir . . . clofs, nytmeg a galangal, saffrwm . . . a chig carw.'

'A beth sy'n rhoi'r lliw ysgafn i'r pwdin llefrith?'

'Briallu!'

Gyda'r nos, ers talwm, a minnau'n methu setlo, byddai'r stori yma'n fy suo i gysgu. Roedd hi'n stori mor hir, a Mam yn mynd drwyddi â'r fath fanylder bob tro. Petawn i'n cysgu ar y cam hwn, roeddwn i'n gwybod y byddwn yn colli'r holl sôn am win a hipocras, yn fragod, cwrw a medd. Byddwn yn fy ngwasgu fy hun er mwyn aros yn effro. Ond yn amlach na pheidio byddwn wedi cysgu'n fuan wedyn, wrth i'r acrobatiaid a'r dawnswyr, y jyglwyr a'r ffŵl godi hwyl. A byddai rhan orau'r stori yn parhau'n ddirgelwch.

Ar noson geni Lleu, ro'n i'n glustiau i gyd. Yr unig beth ar feddwl Mam, am y tro, fodd bynnag, oedd marwnad Dafydd i Llywelyn ap Gwilym. Dechreuodd ddweud pethau nad o'n i'n eu deall. Rhywbeth am beidio â bod yn uchelgeisiol. Am Wernyclepa. Ro'n i'n deall digon i wybod bod ei meddyliau'n beryglus.

Rhaid i ni Gymry heb ryddid gadw'n dawel ac anghofio am ein gorffennol mawr. Dwi wedi clywed am y tywysog Llywelyn yn cael ei ladd yng Nghilmeri, ond mae dros drigain mlynedd ers hynny. Mae Tada'n dweud na chawn ni ddim swyddi pwysig, a dyna ni. Rhaid i ni beidio â herio'r awdurdodau. Dim ond i ni ufuddhau, byddwn ni'n iawn. Ond mae gan Mam fwy o feddwl ohoni ei hun.

'Mae cyfansoddi marwnad yn rhy boenus. Ddylai neb orfod cyfansoddi marwnad dyn sydd wedi cael ei lofruddio,' dywedodd Mam, a finnau ar binnau eisiau iddi ddweud rhywbeth mwy diddorol – *datguddio* rhywbeth. 'Cerddi am serch a natur sy'n dod yn rhwydd iddo, ti'n gweld,' meddai wedyn. 'Mae'r rheiny'n byrlymu i'r wyneb – yn eu cyfansoddi eu hunain.'

Roedd dicter ynghlwm wrth y geiriau a ddaeth nesaf, yn cymell y wasgfa yn ei chroth.

'Efallai fod ei gariadon yn mynd a dod, ond roedd eu hysbrydoliaeth yn aros am byth. Yn y cerddi.' Anadlodd yn siarp, a dal yn dynn yn fy llaw. 'Y ffordd mae e'n sôn am y caru a'r ffraeo. Cyffro osgoi ei gŵr hi. Diogelwch yn y ffaith bod ganddi ŵr . . . Doedd y ffaith bod gwraig yn briod ddim yn atal Dafydd rhag ei charu. Ond yr un pryd roedd e'n teimlo'n ddiogel, gan ei bod hi'n briod. Allai perthynas felly byth mynd i'r eithaf.'

'Dyna ddiawl!' dywedais i.

'Ie, ond un deniadol ar y naw, yn anffodus,' atebodd yn wamal, ac edrychodd arnaf a rhyw wawr ryfedd yn ei llygaid.

Roedd pethau'n dechrau gwella, roedd hi'n dechrau sôn amdano fe eto. Wel, dyna oeddwn i'n ei feddwl.

'Llywelyn ap Gwilym yn cael ei lofruddio. Fydd hi ddim yn hawdd i Dafydd ganu'r farwnad honno.'

6

Dafydd

'Llew olwg farchog, Llywelyn, – o'th las
I'th lys deg yn Emlyn,
Llai yw'r dysg, medd llawer dyn
Llwfr i'th ôl, llyfr a thelyn.'

Ar dir sanctaidd Llandudoch rhoddwyd f'athro barddol
yn ei fedd. Roedd dyddiau'r gwleddoedd ar ben, am y
tro. Byddai'n rhaid aros i'r galar hwn ysgubo heibio cyn
i mi ganu mewn neuadd eto. Yno ar lan bedd f'ewythr
yn Llandudoch, llifodd fy nagrau yn rhwydd.

Euthum i Lys Ifor Hael yng Ngwernyclepa am gysur,
mewn anghrediniaeth bod Llywelyn ap Gwilym yn
farw. Es at Ifor, cefnder fy nhad, a'i wraig brydferth. Yn
sicr, nid oedd dim cysur yng Ngheredigion a'r uchelwyr
oll yn troi'u cefnau ar y llofruddiaeth. Troi cefn o raid,
er mwyn cadw'u pennau.

Rhaid oedd i minnau ddianc, rhag mynd o'm co. Es i
blith dynion mawr Basaleg ym Morgannwg. Eto, yno,
nid oedd modd dianc rhag de la Bere. Byddai yntau
yno'n aml, ymhlith y Saeson a'r Ffrancwyr sy'n
gwledda'n rheolaidd yng Ngwernyclepa.

Yng Nglyn Aeron y gwelais Richard de la Bere
gyntaf, flynyddoedd yn ôl, yn un o wleddoedd Ieuan
Llwyd, fy noddwr. Mae pymtheng mlynedd a mwy ers
hynny, rwy'n siŵr . . . Roedd hwnnw'n gyfnod cyffrous
iawn i mi, a minnau'n dyfod yn fwy hyderus wrth ganu

fy ngherddi newydd eu ffasiwn a gwahanol i'r cyffredin.
Gallwn ddweud ar unwaith fod ar y gynulleidfa eisiau
rhagor y noson honno.

'Cana un o'r cywyddau doniol yna!'

'Cana'r un glywais i yn y ffair – am y ferch boeth yn
y deildy!'

'Tyrd! Mi gawson ni hen ddigon ar ryfel a phla a
marwnadau'r hen feirdd llwyd yna! A digon ar y
Brodyr Llwyd yn dweud wrthym ni sut i fyw!'

'Mae'r gwallt melyn yna sydd gen ti yn swyno'r
gwragedd yn ein plith – fydd dim ots ganddyn nhw
glywed dy gerddi budr!'

'Tyrd â 'chydig o ysgafnder i'r wledd yma. Mae pawb
yn feddw ac yn barod am lygredd dy eiriau!'

Gwaeddais innau yn ôl. 'Budr? Llygredd? Efallai
wir, ond cofiwch, gyfeillion, fod yma grefft – wedi'r
cyfan, r'ych chi'n gwrando ar bencerdd!'

Ond doedd dim diddordeb gan y gynulleidfa, mewn
gwirionedd. Roedd hi'n hwyr y nos, a'r meddw eisiau
gwefr. Gafael yn smala o gwmpas un o'r morynion a
theimlo'i chorff ifanc, neu wrando ar gerdd gen i yn
disgrifio'r un profiad oedd eu dymuniad.

> 'Nid oes o'ch cerdd chwi, y glêr,
> Ond truth a lleisiau ofer
> Ac annog gwŷr a gwragedd
> I bechod ac anwiredd.
> Nid da'r moliant corfforawl
> A ddyco'r enaid i ddiawl.'

Roedd cynulleidfa gen i i'w phlesio, nawdd i'w ennill. Ac rwy'n ymddiheuro os bu i mi bechu bryd hynny a phob pryd arall o'r fath, ond mi wn fod fy ngwaredwr yn drugarog; bod maddeuant i'w gael ar ôl cyffes; bod pererindod ac ymweliad â'r grog yn gwneud iawn am unrhyw ganu am gnawd a serch.

Ie. Y wledd honno oedd y tro cyntaf i mi ddal ei llygaid hithau, a phrin gyffwrdd â'i braich wrth gerdded heibio iddi.

Eisteddais wrth ymyl Ieuan ar ôl canu mawl iddo. Arni hi yr oedd fy meddwl, a doeddwn i ddim am ganu un o'r cerddi ysgafn na doniol. Roeddwn am ganu cerdd iddi hi. Fe fu hi'n cuddio oddi wrthyf ac eto'n agosáu pob cyfle a gâi, a rhywbeth yn annwyl yn ei diniweidrwydd. Doedd dim cymhlethdod yn perthyn iddi. Roedd hi'n wahanol iawn i'r holl ferched eraill oedd yn mopio ar fy nghwrls melyn. Ond y peth mwyaf oedd nad oedd hi'n disgwyl dim byd yn ôl gen i – roedd hynny'n peri dryswch mawr i mi.

Y minstreliaid ddaeth i ddifyrru'r dyrfa ar f'ôl. Rwy'n cofio nad oedd neb yn gwrando nac yn edrych yn fanwl arnynt. Roedd eu cyfeddach yn rhan o sŵn cyffredinol hwyl y neuadd. Newidiodd yr awyrgylch pan godais ar fy nhraed eto.

Hoeliwyd llygaid pawb arnaf, a'r ansicr ei Gymraeg yn sicrhau bod cyfieithydd gerllaw er mwyn iddo ddeall pob jôc, gwerthfawrogi pob cyfeiriad rhamantaidd. Pawb ond Richard de la Bere. Dwi'n cofio'i ochenaid uchel.

'Mwy o'r ffŵl yma? Fuasai e ddim yn para eiliad ar faes y gad. Pam mae'r holl ferched yma'n syrthio o'i flaen? Dyn cryf, ym mhob ystyr, sydd ei angen arnyn nhw.'

A gafaelodd yn arw ynddi hi, f'angyles. Roedd hi'n gweini wrth ei ymyl. Gafaelodd ynddi a'i thynnu ar ei lin a'i chadw yno. Gallwn weld ei fod yn ceisio'i meddwi a chymryd mantais arni – hon oedd mor gyndyn o'i gwthio'i hun ar neb. Cefais fy synnu gan gryfder fy nheimladau tuag ati. Roedd ei gweld yn cael ei chamdrin fel hyn yn corddi fy ngwaed, a than gryn deimlad, pan agorais fy ngheg i adrodd, cerdd o serch iddi hi a ddaeth allan.

'Dysgais gario fy nghariad fel cyfrinach. Nid yw'n hysbys: ond nawr, dyma'r amser i ddathlu fy nghariad cyfrinachol â geiriau teilwng. Y gŵr a gâr yn gyfrinachol yn ddihoen a gâr y gorau : cerddwn yn agos at ein gilydd, siaradwn yn gyfeillgar â'n gilydd ond ni fydd neb yn dyfalu. Am amser hir buom yn cofleidio ac yn ymaflyd yn gellweirus, ond nawr rhaid i ni droedio mewn cyfrinachedd llym rhag yr hanesion drwg a'r tafodau brwnt sy'n ein dinistrio â'u straeon, a'u staen anllad hyd ein henwau diniwed. Mor falch oeddem o'n gofal wrth guddio ein cariad. Yn guddiedig dan ddail ifanc; yn gyfle am fywyd tyner i ni dan ddail aur y fedwen ifanc. Yn y goedwig, gyda'i serch gall merch dreulio'r diwrnod. Cawsom bleser gyda'n gilydd yn llwyni'r goedwig, gan osgoi pobl, rhannu'n cwynion, yfed medd gyda'n gilydd, neu garu, neu aros yn

llonydd. Cusanu ein cariad cudd. Amser perffaith.
Mwy na pherffaith. O, na allwn ddweud mwy . . .'

Ffantasi llwyr oedd rhan ola'r gerdd, wrth gwrs.
Ond ffantasi roeddwn yn awyddus i'w droi'n realiti. Yn
anffodus, nid oedd hon yn ddewis da i orffen y noson.
Tawelwch meddw yn drwch hyd y neuadd. Richard de
la Bere oedd gyda'r cyntaf i godi a gadael. Rhoddodd ei
fraich am ei chanol a gwthio'i ffordd drwy'r tlodion a
oedd wedi dod i hawlio'r bwyd oedd ar ôl o'r wledd.
Wrth gwrs, nid oedd e'n feddw. Gofalai beidio â cholli
rheolaeth. Ni allai byth ymlacio'n llwyr mewn neuadd
Gymreig. Credai ein bod i gyd yn ffyliaid meddw. A'r
ffŵl pennaf ar flaen ei restr, yn ei farn ef, oedd f'ewythr.
Llywelyn ap Gwilym. Uchelwr o Gymro oedd yn
dringo'r rhengoedd yn llawer rhy gyflym. Tybed na
ddaeth de la Bere yma i Geredigion i gynllwynio, i
ymbaratoi, i chwilio, efallai, am ffordd o'i ddyrchafu'i
hun yn y dyfodol?

Gallaf weld llawer o bethau na all dynion cyffredin
mo'u gweld. Ond nid yw darllen meddyliau yn rhan o
gyfrinachau'r beirdd. Wyddwn i ddim y noson honno fy
mod yn gwylio llofrudd f'ewythr yn brasgamu'n
ddiamynedd o'r neuadd.

> *'Llawer och dost ar osteg,*
> *Llathr erddyrn, lladd teyrn teg.'*

Bu'n noson hir, ac roedd fy mhen yn ddryswch o
flinder a chariadon. Wrth i minnau adael y neuadd,

daliais ei llygaid; roedd hi y tu allan, yn oerfel creulon Dyfed, yn derbyn ffug-gysur de la Bere, yn ei meddwdod.

Flynyddoedd yn ddiweddarach cafodd Richard de la Bere ei dalu i lofruddio dyn da. A bellach, y llofrudd hwnnw yw'r cwnstabl yn Emlyn, gan iselhau'r Cymry eto fyth.

7

Roedd enfys ryfedd yn yr awyr y bore y ganwyd Angharad, a minnau'n ddeg oed. Dim ond ei gwaelod y gallwn ei weld, yn drwchus a chlir rhwng cwmwl gwyn a'r Bannau. Pob lliw ar wahân, ond yn asio, fel plant mewn teulu. Byddai Tada'n tynnu fy sylw at enfys bob tro.

'Weli di'r enfys? Mae'r tylwyth teg yn dawnsio wrth ei godre.

> *Bwa'r Drindod y bora, aml gawoda;*
> *Bwa'r Drindod y prynhawn, tegwch a gawn.'*

Ac wrth edrych ar yr enfys, byddai'n rhoi ei fraich o'm cwmpas gan synhwyro 'mharchedig ofn tuag at y bobl bach.

'Rwyt ti'n werth y byd,' byddai'n dweud. 'Ac yn ddiogel 'da fi.'

Doedd dim cynhesrwydd mwy i'w gael na'r sicrwydd o fod yn ddiogel gyda Tada, a'r bwa lliwgar fel coflaid gynnes rhwng tad a merch.

Ro'n ni'n byw mewn cyfnod o newyn a thensiwn. Un pla ar ôl y llall yn difa teuluoedd cyfan. Roedd babanod newydd yn cael eu geni o hyd, yn wyrthiol, heb wybod dim am bla; yn ddiniwed i'r pethau erchyll oedd yn digwydd o'u cwmpas, a hanes trist eu gwlad.

Angharad oedd y pedwerydd babi i'w eni i'n teulu ni – yr ail enedigaeth i mi deimlo'r cyfrifoldeb o orfod bod o gwmpas i helpu Mam. Babi mawr oedd hi, a chymerodd ei hamser i gael ei geni. Swatiais yn belen wrth ymyl Mam a gwrando arni'n sôn am sut roedd wedi twyllo'i thad.

Roedd hi wedi'r rhoi'r argraff iddo ei bod yn mynd i briodi porthmon a'i ddilyn yn ôl i Lanymddyfri. Gadael cartref oedd ei nod. Ond nid ar y porthmyn yr oedd ei bryd. Roedd hi'n anodd gen i ddeall pam y byddai merch a oedd yn cael gwisgo dillad ffasiynol a phenwisg i ddal ei phlethi'n daclus ar ei phen yn teimlo mor anniddig â'i bywyd, beth bynnag. Buaswn i wedi gwneud unrhyw beth i gael dillad fel rhai'r merched cyfoethog. Gwisgai fy mam esgidiau melfed – roeddwn i'n droednoeth fel arfer. Yn ei hanes, roedd hi mor rhydd i'm golwg i, ond mor gaeth yn ei golwg ei hun. Rhyddid un person yw caethiwed un arall.

'Gallet ti wneud yn well, Efa, ond o leia fe fyddi di'n crwydro dros Epynt a Phumlumon; byddi di'n ddiogel rhag y pla yno.'

Rhoddodd ei thad gist fach o bren cedrwydd iddi fel gwaddol. Roedd ei mam, fy mam-gu, yn gallach. Bu sôn am Efa yn llygadu'r beirdd a fyddai'n canu yn y farchnad. Byddai ei dillad gorau yn dod i'r golwg pan glywai eu bod yn galw heibio i'r dref.

'Dwi'n gwybod yn iawn be sy 'mla'n 'da ti, 'merch i! Mae e yn y gwaed. Rwyt ti wedi clywed rhyw fardd, on'do? Dwi'n gallu dweud. Mae gwaed Pytyn Du yn drwchus yn dy wythiennau – fe fuaswn innau wedi gwneud yr un peth, ond doedd dim ysbryd mor wyllt gen i.'

Cafodd fy mam-gu ei magu yn y Pytyn Du, cartref oedd yn noddi beirdd. Roedd tras a chefndir a balchder yn perthyn i'r teulu, a byddai Mam wedi hen arfer gwrando ar feirdd a'u derbyn fel rhan naturiol o'i bywyd. Mae'n rhyfedd fod rhywbeth a oedd mor rhad a chyffredin â dŵr i Mam yn gwbl ddieithr i mi. Wrth gwrs, erbyn hyn doedd dim tywysogion gennym ni yng Nghymru – ai dyna pam roedd rhai teuluoedd mor llawn o ymffrost a balchder, fel tasen nhw'n cymryd eu lle? A sut allwn i, bellach, ddychmygu gwrando ar feirdd, heb sôn am Saeson a Ffrancwyr, a'r pla rownd pob cornel? Dychmygu ro'n i, er hynny.

'Dwi am wisgo'r ffrog gotwm dynn gyda'r tabard lliwgar coch a phiws heddiw.' Codai llais Mam wrth iddi gofio'i hanes. 'Dwi am redeg o gwmpas y farchnad a gadael i'r gwynt chwythu'r defnydd i bob cyfeiriad fel bod pawb yn gweld y lliwiau!'

Teimlwn mor genfigennus ohoni'n cael dewis beth i'w wisgo a dod i adnabod y marsiandwyr. Roedden nhw'n siŵr o'i gweld hi'n dod o bell, yn y tabard coch dros y goban wen.

'Dwi'n chwilio am sgidie newydd. Dwi wedi gweld rhai gwyrdd – rhai melfed a sidan,' byddai hi'n ei ddweud yn Saesneg, a'r stondinwr yn ateb:

'Mae gen i jest y peth i ti, Efa! Edrycha ar y rhain – maen nhw'n dod o bell, bell i ffwrdd. O wlad Iesu Grist a'r Forwyn Fair. Mae'r haul poeth yn dal yn gynnes ar y gwadnau; byddan nhw'n cynhesu dy draed di drwy'r gaeaf.'

Wrth ddawnsio'n igam ogam rhwng y stondinau ar foreau braf di-bla, dibryder, byddai'n gweld ac yn clywed pob math o bethau i'w denu i bob math o lefydd, gyda phob math o bobl. Priodi porthmon, wir! Bywyd y bardd oedd yn ei hudo. Doedd dim angen cist fach gedrwydd arni yn fwy nag oedd angen gŵr.

'Felly i ffwrdd â fi heb y gist!' chwarddodd, wrth barhau, 'a Mam, dy fam-gu di, wrth ei bodd. Wyddost ti beth ddywedodd hi wrtha i? "Dyna ti, 'merch i, ma' ysbryd antur ynot ti. Cer, nawr."'

Dyna pryd y des i sylweddoli, a minnau'n ifanc iawn, bod meddwl am bethau tu hwnt i drefn bob dydd yn digwydd i eraill hefyd. Er fy mod yn eiddo i Arglwydd Bohun, ac er fy mod yn cyffesu fy mhechodau i'r Brodyr ac wrth y grog aur yn y priordy, nid fi oedd yr unig un â'm syniadau fy hun. Roedd hyn yn ddatguddiad bendigedig.

Yn blentyn deg oed, antur a chyffro pur oedd hyn oll i mi. Sut meiddiai hi gelu'r gwirionedd oddi wrth ei thad? Roedd ei drygioni'n teimlo fel mêl cynnes y tu mewn i fi.

'Roedd e'n fardd go iawn, ti'n gwybod – yn gyfarwydd â rheolau'r beirdd a'r gramadegau i gyd. Pencerdd go iawn y penceirddiaid. Dyna lle dysgais i'r holl straeon a'r cerddi ar fy nghof.'

'Gram . . . beth?'

'Cyfrinachau'r beirdd; dim ond pencerdd sy'n cael eu dysgu. Mae 'na feirdd eraill wrth gwrs – rwyt ti wedi'u clywed nhw wrthi – y glêr ydyn nhw. Y manfeirdd a'r cychwilfeirdd, heb ddychymyg na chrefft.'

Oeddwn, roeddwn wedi'u clywed – y beirdd sâl oedd yn derbyn unrhyw gynulleidfa oedd i'w chael. Bydden nhw hyd yn oed yn eu gosod eu hunain y tu allan i wal y dref weithiau, a ninnau fel defaid yn mynd i wrando arnyn nhw. Un tro mi glywais hen ddyn yn gweiddi arnyn nhw:

'Nid oes o'ch cerdd chwi, y glêr,
Ond truth a lleisiau ofer.'

Teimlwn fod ei eiriau'n fy ngwarchod, fel llaswyr rhag y gwatwar a'r braw oedd o'm cwmpas.

'Ond roedd yr hen feirdd i gyd mor hen ffasiwn,' meddai Mam. 'Roedd eu cerddi'n ddiflas; yn gerddi crefyddol diflas, neu'n gerddi mawl anniddorol i'w noddwyr.'

'Ond nid Dafydd,' mentrais.

Gwenodd arnaf. 'Doedd Dafydd ddim yn dilyn y ffasiwn. Roedd e'n creu ffasiwn newydd gyda geiriau a syniadau. Dyna pam ro'n i'n ei ddilyn. Roedd e'n wahanol, yn ddeniadol, yn beryglus.'

Daeth ei stori i ben yn ddisymwth, fel y byddai'n gwneud bob tro. Trodd ei hegni at yr enedigaeth nawr. Genedigaeth a dynnodd bob nerth ohoni am amser hir i ddod. Rhuthrodd Gweirful a Cynrig i weld y ferch fach newydd; Nhad yn eu dilyn yn bwyllog a gwên yn llenwi'i wyneb hawddgar.

Ro'n i ar binnau eisiau clywed gweddill ei stori. Pam ddaeth hi 'nôl i'r fwrdeistref? Pam gadael Dafydd os oedd hi'n gwirioni cymaint arno ? Ond aethai misoedd lawer heibio cyn y cawn atebion. Am gyfnod, ofnais na fyddai byth yn digwydd, cymaint oedd ei gwendid. Cadwodd i mewn am fisoedd, yn magu Angharad ac yn tendio at baratoi bwyd heb fawr o siarad ganddi o gwbl. Roedd cwmwl du dros ei phen. Wedi'r enedigaeth gadawyd hi'n ddiymadferth braidd. Wyddai Tada ddim beth i'w wneud â hi. Roedd angen cymorth arno ar y tir, ond bu Mam yn dda i ddim am gyfnod hir.

8

'Duw gwyddiad mai da y gweddai
Dechreuad mwyn dyfiad Mai.
Difeth irgyrs a dyfai
Dyw Calan mis mwynlan Mai.
Digrinflawn goed a'm oedai,
Duw mawr a roes doe y Mai.
Dillyn beirdd ni'm rhydwyllai,
Da fyd ym oedd dyfod Mai.'

Yn y gwanwyn ganed Pryderi. Cafodd ei eni a'r cwfl dros ei ben – arwydd taw plentyn lwcus oedd hwn i fod – ond roedd aros am y waedd gyntaf yn teimlo fel oes.

'Rwyt ti wedi cyrraedd yr un pryd â'r gwenoliaid, Pryderi bach,' meddai Mam.

'Ai dyna fydd ei enw?' gofynnodd Gweirful.

'Achosodd ddigon o bryder i mi, beth bynnag. Rwyt ti'n anrheg fach i dy fam.' A chusanodd ei drwyn, gan ddwyn cwpled rhythmig i'w chof:

'Harddwas teg a'm anrhegai,
Hylaw ŵr mawr hael yw'r Mai.

Pryderi, enw o'r llysoedd, enw da. Fe gewch chi blant glywed stori Pryderi heno cyn mynd i gysgu.'

'Pam mae gwenoliaid yn dod bob blwyddyn, Mam?' gofynnais.

'Dod adref maen nhw – a dyna wnes innau. Dod adref, ymhen y flwyddyn, fel gwennol.'

Doeddwn i ddim yn disgwyl iddi ddechrau arni nawr o gwbl. Rhyddhad fod popeth drosodd, siŵr o fod, a Pryderi yn fabi bodlon iawn o'r cychwyn cyntaf, er gwaetha'i enw. Cymerodd at ei bron yn syth a sugno'n hapus braf. Doedd dim brys ar Mam; roedd tawelwch yn ei hosgo a chododd y cwmwl du ddaeth drosti gyda genedigaeth Rhiannon. Mae'r hen wragedd yn dweud bod babi newydd yn gallu gwneud hyn.

'Tra bûm yn crwydro o Fai i Fai,' meddai Mam, 'roedd pla wedi difa tri chwarter trigolion y dref yma – fy nheulu i yn eu plith. Ro'n i'n rhy hwyr yn dod yn ôl a'u perswadio i ddianc, fel fi. Dyna'r unig ffordd o osgoi'r pla – crwydro ac anadlu awyr iach, cysgu dan y sêr. Ond . . .' oedodd, fel pe na bai'n siŵr beth i'w ddweud nesaf. Yna gwenodd arnaf, a chyffwrdd yn fy ngwallt. 'Roedd blwyddyn yn ddigon. Erbyn hynny doedd y bywyd teithiol ddim yn gweddu i mi ddim mwy. Ro'n i wedi blino, eisiau cysur cartref, a Mam. Ond dychmyga sut deimlad oedd cyrraedd yn ôl a chlywed ei bod hi wedi marw o'r pla. Hi a phawb arall yn fy nheulu. Fedri di fy nychmygu i'n cyrraedd adref ac yn gweld melinydd dieithr yn siarad Ffrangeg ym melin fy nhad?' Ysgydwodd ei phen wrth gofio. 'Doedd dim croeso i fi, er 'mod i'n gallu siarad rhywfaint o'i iaith ac yn deall ei ffyrdd. A doedd dim byd ar ôl o 'nghartre cyfarwydd. Roedd y Ffrancwr wedi llosgi eiddo Mam a Dad i gyd.

'"Roedd yn rhaid i mi gael gwared ar bob arlliw o'r pla," dywedodd y melinydd Ffrengig wrtha i'n llidiog.

Ac yn wir, roedd y derw Cymreig wedi diflannu, a'r dodrefn Ffrengig yn cymryd eu lle ym melin fy mhlentyndod. Ond fe sylwais ar y gist fach gedrwydd – am ryw reswm doedd honno ddim wedi cyrraedd y goelcerth. Dechreuais grio'n dawel, ond yn ddigon buan trodd hwnnw'n bwhwman swnllyd, a wyddai'r Ffrancwr ddim be i'w wneud. Fel arwydd o'i gwrteisi Ffrengig, neu efallai oherwydd iddo deimlo trueni drosta i am i mi golli'r cyfan, gosododd y gist yn fy mreichiau. Yna fy hel oddi yno. Yn gadarn ond nid yn angharedig.'

'Ond beth am Dafydd, Mam? Beth am y beirdd? Pam na fasech chi'n mynd 'nôl ato fe?'

Meddyliodd hithau am funud.

'Roedd pethau'n gymhleth. Roedd yn rhaid i mi'i adael. Roedd pethau ar fy meddwl, fel . . . mynd i chwilio am fy nheulu. A phan welais eu bod nhw i gyd wedi marw, doedd dim troi 'nôl. Roedd pethau wedi digwydd oedd yn newid popeth.'

Rhywsut, ro'n i'n teimlo bod mwy i'r hanes na hynny ac nad oedd hi, o hyd, yn datgelu'r cyfan i mi. Ond aeth yn ei blaen, yn hytrach, i sôn am sut roedd pob man wedi newid, cymeriad y lle'n wahanol, a sut nad oedd hawl ganddi i grwydro'r farchnad ddim mwy.

'Mi wnes i aeddfedu llawer yn y cyfnod hwnnw. Teimlais fod yr amser wedi dod i mi gael gŵr. Yn sydyn roedd cartref a tho uwch fy mhen yn apelio. Ro'n i wedi blino, wedi blino'n lân, ac roedd angen gorffwys arna i.'

Yr unig beth oedd ganddi oedd ei hwyneb tlws a'r gist – arwydd o statws ac o dras; os nad nawr, rywdro yn ei gorffennol. Roedd yn ddigon i ddenu dynion is eu statws, dynion heb uchelgais na disgwyliadau.

Wrth gwrs, nid oedd ei hanwadalwch crwydrol yn gwneud deunydd gwraig dda. Nid oedd na gof na phobydd am edrych arni. Roedd hi'n rhy annibynnol i ddenu unrhyw saer. Roedd melinydd allan o'r cwestiwn.

'Mae pobl yn dod at ei gilydd am y rhesymau rhyfeddaf,' meddai Mam yn dawel. 'Taeog oedd Tada, fel ei dad a'i daid o'i flaen. Taeog i'r Arglwydd Bohun. Gweithiai ar glwt bach o dir tu allan i furiau'r castell.'

Ie, dyna'r Tada dibynadwy a ddysgodd i mi yn ddiweddarach sut i wneud y gorau o'r tir gwael yna.

'Dyn sy'n fodlon ar ei sefyllfa yw dy dad. Bodlon ar ei gaethiwed. Synnwyr cyffredin oedd ei briodi. Ro'n i'n barod am y sicrwydd y gallai ei gynnig i mi. Ac roedd rhywbeth yn ddeniadol am symlrwydd ei gariad tuag ataf i. A'r llygaid brown tywyll yna yn llawn caredigrwydd a gofal tawel. Dyna oedd ei angen arna i. Ro'n i wedi cael digon ar eiriau, am y tro.'

Newidiodd ei bywyd, felly, o fod yn ferch melinydd ac o ddilyn crwydr y beirdd, i fywyd o ddilyn patrwm y cnydau amaethyddol. Tyfu'r gwenith a'r rhyg oedd gwaith ei gŵr, ei falu oedd gwaith ei ddiweddar dad. Y naill yn gaeth a'r llall yn rhydd.

Priododd Mam yn is na'i statws – peth hawdd ei wneud. Geni plentyn ar ôl plentyn. Amhosib fydd hi i mi, ei phlentyn hynaf, ennill y rhyddid yn ôl drwy briodi marsiandwr neu fwrdeisiwr. Felly, ni chaf fi fyth brofi'r un rhyddid â hi na'r un profiadau. Phrioda i fyth fab y melinydd Ffrengig, na chrwydro'r farchnad yn rhydd. Fedra i ddim siarad Ffrangeg na Saesneg. Rwy'n is na chlêr y dom. Ond er y rheolau hyn yn ein cymdeithas, roedd Rhys yn parhau i'm llygadu, a minnau'n mwynhau'r sylw.

Bu'r ddau ohonom yn gwneud llygaid bach ar ein gilydd ers cyn cof, ond hyd yn oed y dyddiau hynny ro'n i'n ymwybodol iawn ei fod yn fab i saer maen. Fyddai ei deulu byth yn caniatáu iddo 'mhriodi. Priodi'i debyg fyddai Rhys ap Siôn.

O edrych yn ôl rwy'n credu bod genedigaeth Pryderi wedi ailfywiogi Mam. Chwech o blant bryd hynny: Nest, Gweirful, Cynrig, Angharad, Rhiannon a Pryderi. Enwau digon cyffredin sydd gen i a Gweirful. Enwau Cymraeg wedyn, yn brotest dawel yn erbyn trigolion y castell: Cynrig ac Angharad. Ond newidiodd ei chwaeth wedi hynny: Rhiannon, Pryderi, Lleu, Math. Enwau o'r chwedlau y mae'r bobl fawr yn eu clywed yn y gwleddoedd. Pan fyddai Mam yn galw arnynt, roedd hi fel petai'n galw ar ei hatgofion.

Cyfnod hapus iawn oedd y cyfnod yna ar ôl geni Pryderi; dim pla am y tro, dim babanod yn marw. Cyfnod llawn straeon i lenwi'n clustiau ifanc, eiddgar. (A chwbl ddiniwed oeddem, bryd hynny, o unrhyw stori gas am de la Bere y byddwn yn ei chlywed maes o law.) Pan fydden ni'n cael trafferth cysgu, byddai'n canu'r pennill hwn yn dawel dawel. Canodd e bryd hynny, i Pryderi:

> 'Dal yr adar yn y glud
> Cwrs y byd yw hynny:
> O fydd heddiw yn ŵr rhydd
> Ni ŵyr a fydd yfory.'

Yr un gân o hyd ac o hyd. A dim ond iddi gadw'r cyfan yn dawel, gadawai Tada lonydd iddi. Adroddai ei straeon mewn cyfnodau distaw cyn cysgu, neu pan fyddai'r ddwy ohonom yn paratoi bwyd i weddill y teulu. Ein byd ni'n dwy ydoedd, mam a merch, yn ffantasi a phleser i gyd. Pan fyddai hi'n blino dan bwysau babi yn tyfu yn ei chroth, byddai'n sibrwd rhagor o'r cerddi anhygoel â'u patrymau rheolaidd a thlws. Y geiriau oedd yn gysur iddi wrth i boenau'r geni agosáu.

Cadwodd at ei haddewid y noson honno. Stori cyn mynd i gysgu oedd stori Pryderi i fod. Ond ar ôl clywed am Pryderi, mab Pwyll a Rhiannon, am y niwl dros Ddyfed, ac am Manawydan a Chigfa, Gwydion a Math, roeddwn yn gwbl effro, wedi fy mywiogi i gyd.

'Math fydd enw'r babi nesaf,' meddai Cynrig yn ddiniwed.

'Ond yn y stori, gelyn Pryderi yw Math,' atebodd Gweirful.

'Rhaid i'r babi fod yn fachgen yn gyntaf,'

pwysleisiodd Mam, 'a does dim posib gwybod a fydd hynny'n digwydd, Cynrig bach.'

'Bachgen fydd e!' dwedodd Cynrig yn hanner cysgu, ond yn llawn hyder plentyn bach. Ac roedd yn llygad ei le: bachgen ddaeth nesaf.

9

Tu draw i afon Wysg ger muriau cerrig y castell mae waliau o wiail a dob oedd yn gartref i mi. Pan fyddai 'mrodyr yn aredig neu'n hau neu'n cynaeafu, byddwn i a'm chwiorydd yn paratoi bwyd iddyn nhw ar y tân yng nghanol y tŷ un stafell. Mudlosgai ddydd a nos gan lenwi'r lle â mwg.

Mae niwl o'n cwmpas ym mhob man o hyd – niwl y mwg o'r tân, niwl o'r afon, neu niwl o'r Bannau. Weithiau wrth gerdded i'r caeau mae'r niwl yn teimlo fel y diferion lleiaf o law yn goglais fy wyneb. Nid yw fel glaw sy'n disgyn mewn ffordd wlyb a thrwm. Glaw ysgafn, mân mân yw e sy'n aros yn ei unfan, fel petai'n sownd mewn amser. Ers i Pryderi gael ei eni ac i ni glywed am y niwl dros Ddyfed, dyma fydden ni'n galw'r mwg o'r tân.

'Mae'r niwl dros Ddyfed eto!' meddai Mam drwy'r mwg. '*Delli byd i dwyllo bardd!*' a gallech ddweud wrth ei llais fod stori ar droed; i'w hadrodd wrth i ni weithio.

'Haws cerdded nos ar rosydd
I daith nog ar niwl y dydd.'

Byddem yn disgwyl a disgwyl am y cyfnodau hyn.
Fel disgwyl iddi fwrw eira. Crochan ar y tân yn llawn
pysgod a llyswennod neu grancod croyw'r Wysg. Dro
arall, rhostiai aderyn gwyllt mewn clai ar y marwydos
a mygai cig moch a blodau'r brymlys yn y mwg uwch-
ben y tân. Dyna pryd y byddai Mam yn mynd trwy'i
phethau. Byddai pawb, ond Gweirful, wrth eu bodd.

Weithiau, ym mis Mai, byddai Mam yn paratoi diod
darllaw o flodau sawdl-y-fuwch a'r ysgawen. Byddai'n
sefyll yn ôl ac yn ein tywys i fyd arall at gyfeillion na
fydden ni byth yn eu gweld; cyfeillion yr oeddem, er
hynny, yn eu hadnabod yn dda. Byd a welsai hud a
lledrith yn y niwl a merched drwg yn troi'n dylluanod.

Ar adegau eraill byddai Rhiannon wrthi'n corddi
llaeth, a Gweirful, yn famol i gyd, yn gorfod ei
goruchwylio. Druan o Gweirful – Mam wedi ymgolli
yn ei stori, a finnau'n canolbwyntio cymaint wrth
wrando fel bod y maip yr oeddwn i'n eu paratoi yn
llonydd ar fy nglin, a Gweirful yn eu tynnu oddi arnaf
yn ddiamynedd.

'Fydd dim bwyd i'r bechgyn os cariwch chi 'mlaen
yn eich niwl,' ceryddai.

A phawb yn chwerthin ar ei phen am fod mor grac
gyda ni i gyd, yn fwy o oedolyn ac yn aeddfetach na'i
mam ei hun. Erbyn i Mam orffen ei stori, byddai'r
llaeth ar gorddi ac Angharad yn barod i'w hall010 halltu.

'O ba flodau cafodd Blodeuwedd ei chreu? Oes yna beryg i ti greu merch ddrwg o sawdl-y-fuwch a'r sgawen?'

Rhiannon oedd yn holi, a braw yn ei llygaid fel y braw yr oeddwn i'n arfer ei deimlo wrth wrando ar Mam.

'Na, Rhiannon fach, bydd popeth yn iawn; *straeon* ydyn nhw, dim hanes go iawn.'

Fi fyddai'n gorfod ei darbwyllo.

Byddai Mam yn dal yn y byd arall, eto'n gweithio'n gyflym gan sibrwd y geiriau rhythmig yn rhibidirês, fel lleian yn adrodd paderau'r llaswyr. Wrth baratoi aderyn y bwn i'w rostio ar y tân, byddai'n torri'r croen o dan ei ên, yn tynnu'r corn gwddf ac esgyrn y coesau, yna'n clymu'r traed o gwmpas y sgiwer ar un pen, ac yn rhoi'r ochr arall drwy ben yr aderyn. Gosod ein swper ar y berau dros y tân a mwmial y geiriau: 'Aeliau fel plu mwyeilch, pryd bonheddig fel yr wybren.' Roedd y geiriau'n gyfarwydd, ac ymunai pawb â hi i sôn am aeliau main a thywyll fel gwiail gludiog magl aderyn y bwn.

Dro arall byddai 'mrodyr wedi dal sgyfarnog. Byddem yn tynnu'r esgyrn ac yn pwnio'r cig, yna ei gymysgu'n dda gyda chig cwningen a chig moch (dros ben o wleddoedd Bohun). Dyna pryd byddai hi'n adrodd: 'Rhedodd ei serch. Rhediad ewig.' A ninnau ferched yn ymuno yn y siant, fel gwrachod gwyn. Os oedd menyn gennym, byddai'n cael ei roi ar ben y cig fel lleuad o gaead. 'Cariad fel ysgyfarnog,' meddai'n freuddwydiol. Byddai piclo llyswennod yn gwneud iddi wenu hefyd, a phan ofynnais iddi un diwrnod pam, atebodd:

'Am eu bod fel tafod yr hen fynach yna yn y priordy – wedi'u rholio'n dynn.'

Meddyliais sawl tro ei bod yn colli'i phwyll. Doedd pobl o'n cwmpas ddim yn siarad fel hi. Cawn fy hollti'n ddwy gan natur ddefodol, ddigwestiwn Nhad ar y naill law, a beiddgarwch heriol Mam ar y llall. Doedd dim ofn neb arni. Ddim hyd yn oed y mynachod. Bob tro y byddai'r Brawd John yn cerdded heibio'n cymuned ni y tu allan i furiau'r castell, roeddwn yn dal fy ngwynt rhag i Mam ddweud rhyw gabledd wrtho. Doedd hi ddim yn trio bod yn haerllug – fe wyddwn i hynny. Ond Duw a ŵyr a oedd y Brawd yn gwybod hynny. Byddwn yn teimlo'n euog drosti ac yn poeni am ei henaid pan ddywedai bethau cableddus. Ond herio cabledd a wnâi. Wrth gyffesu i'r offeiriad, byddwn yn aml yn cyffesu drosti hi. Ei chyffes hi oedd f'un i. 'Sgwn i a oedd yr offeiriad yn ysgwyd ei ben o glywed bod merch mor ifanc yn meddwl y fath bethau.

10

Gaeaf y Pla

Y diwrnod hwnnw pan oedd yr haul fel modrwyau ar y tir âr, a phan ddaeth Richard de la Bere ar ei farch drwy furiau'r castell, roedd arswyd ym mhob man. Arswyd pla a newyn, yn y fwrdeistref. Does ryfedd i'r marchog gael y fath dderbyniad.

Bwrdeistref enwog oedd hon, gerllaw afonydd Honddu a Gwy, gyda phererinion yn heidio yma i weld Iesu ar y groes, ar y grog aur yn eglwys y priordy. Byddant yn cerdded, yn llawn parchedig ofn, i mewn i'r eglwys fawr. Â'u pennau i lawr, byddant yn araf gerdded at y groglofft yng nghanol yr eglwys i weld y grog aur. Mae'r apostolion yn sefyll bob ochr iddi. Mae'n anferth. Yn arswydus. Bydd rhai pererinion yn syrthio yn eu hunfan, yn dechrau bwhwman a gweddïo. Ond bydd y doeth yn ymlwybro tuag at y grisiau sy'n eu tywys i'r groglofft. Fel yna, deuant yn nes at deulu'r nef. Cyffwrdd traed eu Gwaredwr, cusanu traed y Crist, cyn cerdded ar hyd y groglofft bren sy'n ymestyn o un ochr yr eglwys i'r llall, gan ddisgyn y grisiau yn ôl i gorff yr eglwys. Byddant wedi bod mewn cwmni sanctaidd. Bydd eu pererindod ar ben. Weithiau bydd rhai'n cysgu yno, ar y balconi, neu'n rhyw gyfeddach ymhlith ei gilydd. Mae'r sawl sy'n aros i gysgu yn aml yn fusgrell. Gobeithio marw yn y nos y maent, a chael mynd ar eu hunion i'r nefoedd.

I mi, roedd rhywbeth arswydus am y grog. Roedd

hwn yn arswyd gwahanol i arswyd y pla, bron nad oedd yn arswyd i'w fwynhau. Roedd yn cyffroi bywyd ac ro'n i'n cael fy nenu gan hynny. Byddai ein sgwrsio yn aml yn troi at y grog wrth inni ddisgwyl yn dawel am ddyfodiad y pla.

'Fydd gwrando ar lafarganu'r mynachod yn helpu? Oes angen i ni weddïo mwy wrth y grog? Ai cyffesu yn amlach yw'r ateb? Pererindod?'

Gweirful oedd yn gofyn – mewn panig llwyr. Doedd dim rheolaeth ganddi hi dros y pla, fwy na neb arall. Allai hi ddim esbonio'r peth chwaith.

'Dyma rywbeth nad wyt ti, hyd yn oed, yn gallu'i drefnu na'i reoli!' atebais.

Dechreuodd Rhiannon grio. 'Ond ma' Gweirful yn trefnu popeth; bydd hi'n meddwl am rywbeth!' dywedodd.

Edrychais draw at Gweirful a gweld yr un olwg ar ei hwyneb ag oedd ar wynebau'r mynachod: llygaid llawn ofn o sylweddoli na allai neb o'u plith reoli'r sefyllfa.

Ceisiais gysuro Rhiannon.

'Dydy'r mynachod ddim yn gwybod beth i'w wneud am y gorau ac maen nhw'n dyst i'r croeshoeliad bob dydd, wrth edrych ar ôl y grog aur yn y priordy. Does dim disgwyl i Gweirful reoli'r peth. Os daw'r pla, mi ddaw.'

Crio mwy wnaeth Rhiannon. Roedd ei phlentyndod diogel ar ben. Gafaelais innau yn ei llaw.

'Dere. Dwi am fynd i'r priordy. Chefais i ddim cyfle i gyffesu heddiw eto.'

Unrhyw beth i ddianc rhag yr iselder, a mynd am dro bach i weld a fyddai Rhys yno'n gweithio ar gerrig llwyd yr eglwys. Ro'n ni'n treulio mwy o amser gyda'n gilydd erbyn hynny, yn chwerthin ac yn dal dwylo allan o olwg ei dad. Roedd ei weld yn gwneud i mi deimlo'n gynnes tu mewn. Dal ei lygad a gweld ei wrid; roedd hynna'n ddigon. Doeddwn i ddim eisiau mwy. A beth bynnag, doedd dim hawl gen i ddisgwyl mwy.

Roedd Mam yn gwybod am Rhys, ac yn gwybod nad oedd gobaith i'w merch briodi crefftwr. Ac fe welai hi hefyd fod sefyllfa amhosib ein perthynas yn gweddu i'r dim i mi – yn fy ngalluogi i aros fel yr oeddwn, yn ferch ifanc annibynnol, rydd. Dyna sut yr oedd hithau hefyd, ers talwm.

Aethom ein dwy, Rhiannon a minnau, law yn llaw at y priordy.

'Cofia blygu pen i'r Forwyn wrth ddrws yr eglwys – mae Hi yno, yn gwmni i ti,' dywedais wrthi.

Dyna hefyd fyddai Nhad yn ei siarsio: 'Paid ymweld â'r grog heb dy fod yn barod i fod yn ei gwmni, yn dyst i'r dioddefaint.'

Dyletswydd Nhad oedd fy nhrwytho ym mhethau'r Eglwys. Byddai'n f'atgoffa bod y cerfluniau, yr eiconau a'r grog yn ein tywys i fod gyda Duw, yn ei berson. Wrth gamu i mewn i'r priordy a cherdded heibio'r grog, ro'n ni'n camu 'nôl i'r gorffennol, yn dystion i'r croeshoeliad; roedd yn digwydd o'n blaenau.

Dim rhyfedd, felly, a minnau'n blentyn â dychymyg byw, bod y braw a gawn wrth ymweld â'r Forwyn a'r grog yn aml iawn yn fy nghadw'n effro'r nos. Efallai bod Tada'n synhwyro hyn, a bod ei ffordd annwyl o 'nysgu am bridd a phlanhigion yn fodd o leddfu ofn pethau goruwchnaturiol. Gyda diwedd plentyndod aeth y braw ddim i ffwrdd. Yn hytrach, dwysaodd, a dod yn gybolfa o boeni ac euogrwydd a meddwl am beth oedd o 'mlaen yn y byd. Weithiau, allwn i ddim meddwl am ddim byd arall.

Roedd peswch wedi bod ar Tada cyn hired ag y gallwn gofio, a thua'r adeg yma gwaethygodd, nes bod pawb yn poeni amdano. Gyda'r pla diweddara wedi cyrraedd Henffordd, roedd yn rhaid i bawb fod ar eu gwyliadwriaeth. Roedd Mam yn cario plentyn arall, ac roeddwn wedi teimlo dan bwysau i adael y nyth ers sbel. Ni fyddai digon o fwyd ar ein cyfer ni blant i gyd.

'Mi fydd yn rhaid i ti feddwl am fynd cyn bo hir, Nest,' meddai Tada un bore. Roedd golwg wedi ymlâdd arno ar ôl hau dan olau leuad hyd berfeddion nos. 'Edrycha ar Gweirful, mae hi'n ysu am fynd, ond dydy hi ddim yn ddigon hen.'

'Fe gafodd Gweirful ei geni'n oedolyn, Tada; rwy'n ofni na fydda i byth yn tyfu lan! Efallai nad ydw i'n ferch fach ddim mwy, ond dwi ddim yn wraig eto, chwaith.'

'Dwi'n falch nad wyt ti eisiau mynd eto,' dywedodd. 'Mi fydda i'n dy golli'n arw pan ei di.'

Gyda'r pesychiad creulon a ddilynodd, sylweddolais nad fi fyddai'n ei adael e. Pam mae pethau'n gorfod newid? Pobl yn tyfu lan a theulu'n chwalu. Yswn am fod yn saith oed eto a'm gwneud fy hun yn belen fach ar gôl Mam. Doedd dim mwythau i fod i ferch nad oedd yn blentyn ond nad oedd chwaith yn oedolyn. Fel y llu brith rhwng uffern a nefoedd, ro'n i'n byw ym mhurdan bywyd.

Un o'r pethau rhyfeddaf am y pla yw ei gyfrwystra. Weithiau bydd y tlodion – heb ddim yn y byd – yn dod drwyddi, tra bod teuluoedd cyfoethog yn marw i gyd. Dyna deulu Mam – teulu Melin y Priordy – marw wnaethon nhw, ond teulu Tada a'i frodyr yn cael byw. A nawr bod pla arall yn sicr ar y ffordd o Henffordd, roedd Mam yn gobeithio y byddai'r patrwm yna'n parhau.

'Gad i'r pla ddod i'w llyncu nhw i gyd a gwagio'r lle, fel bod melinydd Cymraeg yn gallu gweithio yn y felin eto.'

Roedd hi'n dymuno marwolaeth i bobl y castell, ac roedd hi'n gwybod bod hynny'n bechod. Byddai'i chasineb at bobl fawr yn ei bwyta weithiau. Roedd dymuno pla ar ddynion fel Richard de la Bere yn dynged haeddiannol iddo.

Llwyddodd Rhys i sleifio o'i waith am bum munud i ddod am dro bach i'r coed gerllaw. Beth yw'r ots? meddyliais, a gadewais iddo gusanu 'moch a 'ngwddf a rhoi'i law o amgylch fy nghanol. Roedd ei lygaid yn llenwi â'r olwg ddisgwylgar yna, y gobaith am gusan. Gafaelodd yn fy nwy law a'u codi at ei wefusau. Efallai y byddwn yn gadael iddo gusanu fy ngwefusau innau heddiw, meddyliais. Roedd Rhiannon gerllaw yn creu dawns fach rhwng y coed.

Dyna pryd y clywson ni sŵn y ceffylau a'u carnau'n dynesu'n ffyrnig. Ro'n nhw'n carlamu mor gyflym fel eu bod bron â chwympo wrth i'r marchogion dynnu ar y ffrwynau i'w harafu tuag at ganol y dref. Tasgai'r llwch i'n llygaid.

Doedd dim dianc rhag cyrhaeddiad Richard de la Bere, arwr Brwydr Crécy. Roedd cymaint o weiddi a chyhoeddi a sŵn carnau fel bod pawb yn ymgasglu i weld beth oedd achos y cynnwrf.

'Hwn yw'r marchog a achubodd fywyd y brenin ei hun!' gwaeddodd rhywun.

Rhedodd Rhys a fi gyda'n gilydd, yn chwerthin, yn dal dwylo ac yn llawn bwrlwm. Rhuthrodd Rhiannon ar ein holau. Roedd rhywbeth *cyffrous* yn digwydd. Roedd pawb, y rhydd a'r caeth, yn cael mynd drwy byrth y dref heddiw.

A hwn oedd yn digwydd. Y peth hardda welais i erioed. Gollyngais law Rhys a rhythu'n gegagored arno. Roedd e'n cyhoeddi rhywbeth, ond amhosib oedd deall beth, gan fod pawb yn gweiddi ar draws ei gilydd a phrysurdeb arferol y farchnad yn gefndir i'r holl ddigwyddiad. Roedd yn amlwg yn llawn argyhoeddiad ac yn gwbl benderfynol. Gwthiais yn araf drwy'r dorf i gael gwell golwg arno, a chael clywed.

Doedd dim ots gan ei gynulleidfa, rywsut, beth

oedd ei gyhoeddiad, yn enwedig pobl fel ni; allai ein bywydau ni ddim gwaethygu llawer mwy. P'run bynnag, roedd e'n siarad Ffrangeg a fuaswn i ddim wedi deall dim oni bai am hen fynach gerllaw yn gweiddi geiriau fel 'brad cwnstabl Emlyn' a 'thwyll' a 'Cymro da i ddim'. Digon hawdd deall bod bywyd rhywun ar fin dod i ben.

Disgynnodd y marchog oddi ar ei gyfrwy a cherddded gyda'r mynach i'r priordy. Yno byddai Richard de la Bere yn cyffesu wrth y grog ac yn bwyta gyda'r Brodyr, cyn aros noson yn y fwrdeistref i orffwyso'r ceffylau. A ffeindio merch. Drannoeth byddai'n mynd ar garlam i'r castell newydd yn Emlyn i ladd dyn da.

Tynnodd rhywun ar fy llaw – nid Rhys; ro'n i wedi'i golli ef yn y dyrfa. Rhiannon oedd yno, ei llygaid yn soseri gloyw, a'r cynnwrf, waeth beth oedd yr amgylchiadau, wedi gwneud iddi anghofio am y pla am y tro. Siawns na allen ni fod yn ddiolchgar i de la Bere am hynny?

Wrth gerdded adre ro'n i'n ceisio meddwl sut i ddisgrifio lliw cochlyd frown ei groen wrth Mam. Bryd hynny, doeddwn i ddim yn sylweddoli cymaint roedd hi'n ei gasáu. A chymaint roedd e wedi'i ddwyn oddi arni.

11

'Mae gweld dy lygaid byw yn f'atgoffa ohonof fi fy hun pan oeddwn yn bymtheg oed,' meddai Mam.

Roedd hi'n gorffwys ar bwys y tân a Gweirful yn sgubo'r llawr gerllaw. Nid oedd ei hamser ymhell, ond do'n i'n sicr ddim yn disgwyl i Lleu gyrraedd y noson honno. Tybed ai'r sôn am Richard de la Bere roddodd ddechrau ar yr esgor? Ar ôl ei phregeth amdano a'i wenwyn, daeth yr olwg gyfarwydd yna i'w llygaid a chiliodd i'w chornel. Es innau ati, i ddisgwyl.

A disgwyl am yn hir wnaethon ni am yr un bach hwn. Roedd y poenau yna i gyd, ond yn mynd a dod heb batrwm. Roedd hi'n anodd bod yn amyneddgar, a natur yn chwarae triciau arnon ni. Ymhen amser, dechreuodd Mam siarad yn dawel.

'Cei, heno, fe gei di glywed am Ieuan, Ifor, y noddwyr hael yn codi ar eu traed ac yn gweiddi – *Croeso pan ddelych, A gwedi delych tra fynnych trig.* Arhosa cyn hired ag y mynni ac fe gei di anrhegion neu geinion gen i.'

'Mam, arhoswch . . .' rhybuddiodd Gweirful.

Doedden ni ddim wedi sylwi bod Tada yno. Oedd e wedi clywed y cyfan? Ond ddywedodd e ddim byd. Aeth allan a mynd â'r bechgyn gydag e, yn ôl ei arfer. Edrychodd Gweirful draw ata i; roedd hi'n deall yn syth y byddai angen iddi ofalu am y plant a bwydo'r dynion heno. Doedd Mam ddim yn ymwybodol o hyn. Roedd hi'n gallu bod yn ddall i deimladau a digwyddiadau o'i chwmpas er yn gwbl anfwriadol. Doedd dim blewyn cas arni.

Dechreuodd.

'Dyma Dafydd ap Gwilym; wyt ti'n ei weld? Mae e'n cerdded heibio i mi, yn dal fy llygaid, yn prin gyffwrdd fy llaw. Mae'n hyderus, yn hardd, yn brasgamu at Ieuan.'

Roedd hyn fel amserodd o'r blaen; roedd hi'n actio'i stori a'i llygaid yn dangos ei bod hi yno – yn y llys, nid yma, a mwg o'r tân ganol llawr yn llenwi'r lle. Roeddwn innau'n mynd yn fwy hy arni.

'Wyt ti'n ei garu?'

Atebodd hi ddim.

'Edrych!' meddai. 'Mae'n barod i berfformio.'

Roeddwn i yno. Yn ferch ifanc yn gweld ei châr, yn teimlo'i gyffyrddiad. Gallwn ddychmygu'r cyffyrddiad hwnnw yn chwarae ar ei dychymyg ac yn ei hargyhoeddi fod yna rywbeth rhyngddynt. Ei fod yn ei harddel. Ei fod wedi sylwi arni. Y teimlad cynnes yna, fel pan dwi'n gweld Rhys.

'Mae e'n dechrau llafarganu'r gerdd luniodd e neithiwr,' meddai Mam.

'Sut wyt ti'n gwybod?'

'Fe glywais i'r cyfan. Cuddiais mewn cornel dywyll a'i weld yn cerdded 'nôl a blaen, 'nôl a blaen, yn rhoi geiriau at ei gilydd. Aros. Ailfeddwl. Newid geiriau. Roedd disgybl ganddo, yn ei helpu i gofio. Roedd yn mynd yn eitha crac wrth geisio gorffen ei gerdd. Rhaid oedd iddo gael rhethreg ac addurn a chymeriad.'

Edrychais yn syn arni.

'Geiriau mawr y beirdd, Nest . . . Cyfrinachau'r beirdd, ti'n cofio?'

'Ydy'r gerdd yn dda?'

'Mae'r gerdd yn wych. Mae Dafydd yn sôn am Ieuan fel dyn ystyriol a dewr.'

> '*Gwelaf yn bennaf ei unbennaeth,*
> *Gwalch o hil Lawdden, gweilch helyddiaeth:*
> *Gwared Feirdd ydyw, gwirod faeth, – cerddawr,*
> *Gwawr a garodd awr y gerddwriaeth . . .*'

'Ydy Ieuan yn hoffi'r gerdd?'

'Mae e wrth ei fodd. Glywi di sut mae'n dweud mor ddiwylliedig yw Ieuan, yn caru helyddiaeth a cherddi? Mae Ieuan yn gwneud arwydd ar Dafydd i ddod i eistedd wrth ei ymyl. Mae'n curo'i gefn, yn wên o glust i glust. Mae'n cynnig ceinion iddo – y ddiod gyntaf a'r orau yn y neuadd. Mae Dafydd yn gwybod i sicrwydd nawr ei fod yn well na phob bardd arall sy'n bresennol.'

'Beth am bawb arall yn y neuadd?'

'Maen nhw'n bloeddio'u cymeradwyaeth. Glywi di nhw? Mae Dafydd yn gwybod eu bod eisiau mwy, hyd yn oed y rhai nad oedd yn ei ddeall. Maen nhw'n mwynhau'r awyrgylch ac yn gwybod bod noson dda o'u blaenau. Ond mae'n rhaid iddyn nhw aros – edrycha, dyma'r minstreliaid yn rholio i mewn i'r neuadd fel peli afreolus. Caiff Dafydd eistedd am y tro yn bencerdd y noson. Ond edrycha, Nest. Mae e'n edrych draw ata i eto, a dwi'n dal ei lygaid . . . Mae ymateb cynulleidfa fel cyffur, wyddost ti.'

'Y chwerthin?'

'A'r rhyddhad o ddiflastod yr hen feirdd. Os oedd pwnc yn ddigon da i'r glêr, roedd yn ddigon da i Dafydd. Fe ddywedai ef nad oedd pencerdd yng Nghymru a allai ddewis pwnc gwell na'r fwyalchen. Pwnc digon da i'r glêr, ac i Dafydd. Ac roedd pawb wrth eu bodd yn gwrando arno. Roedd e'n gymaint o ryddhad ar ôl canrifoedd o ganu diflas.'

'Ond oedd e'n torri'r rheolau? Beth am gyfrinach y beirdd?'

'Roedd gwrthryfela . . . *mae* gwrthryfela yn ei natur. Gwrthryfela yn erbyn beirdd eraill, yn erbyn mynachod. Fe gafodd ei drwytho yn y grefft o fod yn fardd. Rwy'n credu y galli di dorri'r rheolau os wyt ti'n eu gwybod i gyd. Ac i feddwl bod y dyn a ddysgodd hyn i gyd iddo am gael ei dorri'n ddarnau mân gan gleddyf Richard de la Bere.'

Roedd Mam yn dechrau 'ngholli. Stori garu oedd hon i fod. Dyna oedd fy niddordeb.

'Mae nifer o'r Brodyr wedi methu arholiadau'r beirdd. Maen nhw'n ei feirniadu am ddefnyddio'r un pynciau â'r glêr, ond cenfigen yw hynny go iawn! Maen nhw'n gallu gweld bod ei gynulleidfa wrth eu bodd – yn ochneidio gyda rhyddhad. Dydy'r Brodyr yn dda i ddim ond i gopïo'r hen gerddi sych a diflas mewn llawysgrifau. Dyna yw eu tynged.'

Chwaraeai un peth ar fy meddwl – y ffordd roedd siarad Mam yn mynd yn ôl a blaen o'r gorffennol i'r presennol: 'Roedd gwrthryfela ... mae gwrthryfela yn ei natur.' Hynny yw, mae Dafydd yn fyw o hyd. Ac os oedd e'n dal yn fyw, sut oedd Mam yn teimlo tuag ato fe nawr? Oedd hi'n dal i'w garu?

Ailddechreuodd y poenau, ond ro'n i'n eiddgar i glywed mwy.

'Ydy e'n galw arnat ti i fynd ato?'

'Na. Mae pethau'n gymhleth.' Oedodd am funud. 'Efallai na ddylwn i ddweud hyn wrthyt ti. Dy dad druan. Efallai y dylai'r stori ddod i ben nawr.'

Doedd bosib nad oedd hi am barhau. Allai ddim gorffen nawr.

'Mam,' dywedais. 'Dwi eisiau gwybod. Pam yr euogrwydd yma mor sydyn?'

'Nid euogrwydd, Nest, oherwydd nid fy mai i oedd e!'

Roedd hi'n codi'i llais; roedd hi'n ôl yn y wledd.

'Dwi'n eistedd ar lin dyn arall a dwi wedi meddwi am iddo gynnig ei ddiod i mi. Dwi'n eistedd ar lin dyn arall ac mae ganddo wyneb mor hardd. Mae e'n gwybod sut i gusanu merch. Ti'n deall?'

'Hoffwn i ddweud fy mod i, Mam.'

Dim ond cusanau amrwd Rhys oeddwn i wedi'u profi.

'Mae'n rhoi'r fath sylw i fi, yn gwneud i mi deimlo'n arbennig. Dafydd yw popeth i mi, ond fel arfer fydd e byth yn sylwi arnaf i. Felly dyma fi'n manteisio ar rywun sydd! Falle bydd Dafydd yn genfigennus . . .'

Roedd hi 'mhell bell i ffwrdd. Roedd ei gorffennol yn digwydd o'i blaen eto, yn yr un ffordd ag y mae'r grog a Christ arno yn digwydd o'n blaenau yn y priordy. Wrth adrodd ei hen hanes roedd hi'n cyffwrdd â rhyw euogrwydd oedd yn ddwfn y tu mewn iddi. Dyma dro i'r stori nad o'n i'n ei ddisgwyl. Roedd hi mewn tipyn o stad – yn edrych arna i fel petai'n gofyn am faddeuant.

'Dwi ddim yn cofio be ddigwyddodd wedyn.'

'Ond y wledd, Mam. Ydy Dafydd am ganu eto? Roedd e newydd ddal dy lygaid – dim ots am y llall yna oedd yn dy gwrso di. Rwyt ti'n dlos; mae llawer o ddynion am geisio dy feddwi.'

'Dim dyna sydd gen i, Nest.' Roedd ei chywair yn wahanol. 'Cofio dim am beth ddigwyddodd gyda'r dyn – dyna o'n i'n feddwl.'

Ro'n i dal mewn ychydig o benbleth. Roedd ei llais yn isel isel:

'Ac mae hwn yn ddyn enwog, yn briod. Do'n i ddim yn sylweddoli 'i fod o hyd yn chwilio am forynion fel fi i gymryd mantais arnyn nhw. Mor ddiniwed, Nest. Mor ddiniwed . . . Oherwydd Richard de la Bere yw e.'

Daeth teimlad oer drosof. Sylweddoli'n sydyn fod Mam wedi bod gyda'r dyn yma – ac yn cofio dim. Beth ddigwyddodd y noson honno? Pa bethau ddigwyddodd yn nhywyllwch y nos a hithau'n cofio dim? Dim rhyfedd ei bod wedi cynhyrfu wrth glywed amdano'n cyrraedd y dref y prynhawn hwnnw.

'Doeddwn i ddim yr un peth ar ôl hynna. Ac fe ddes

i sylweddoli llawer o bethau y bûm yn ddall iddyn nhw cyn hynny.'

Hyd yma, rhamant ei gorffennol fu'n fy nghyfareddu, ond dyna'r cyfan oedd e – rhamant. Roedd ochr sur i'r stori yn ymddangos am y tro cyntaf.

'Diniwed o'n i, Nest, a dwi eisiau i ti wybod i'r dyn yna ddwyn fy niniweidrwydd. Wnes i ddim ei roi iddo. Wyddwn i ddim be oedd yn digwydd! Ond wedyn newidiodd popeth – f'agwedd at bopeth. Agorais fy llygaid a gweld sut mae pethau go iawn. Dim sut rwyt ti, fel merch ifanc, am i bethau fod. Ro'n i mor ddiniwed yn meddwl y gallwn i ddilyn y beirdd yn dawel bach, cysgu allan yn yr awyr iach, aros ynghudd . . . Ond wrth edrych yn ôl, dwi'n sylweddoli'u bod nhw wedi sylwi arnaf o'r dechrau un, a 'mod i'n ffodus nad oedd unrhyw un ohonyn nhw wedi cymryd mantais arna i. Ymhell cyn y wledd honno. Cyn de la Bere.'

'Ond fe fuon nhw'n garedig wrtha i, ti'n gweld. Oherwydd do'n i'n ddim trafferth; ro'n i'n gwneud fy hun yn ddefnyddiol yn dawel bach – casglu cnau a dal brithyll a'u gadael i'r criw gael eu bwyta. Cyrlio'n ddim o beth ym môn y clawdd, yn ddigon agos at dân a sgwrs rhwng bardd ifanc a'i athro. Sgyrsiau difyr difyr. Tywydd o bob math, a syrthio i gysgu yn clustfeinio ar y chwarae geiriol. Des i hoffi'r oerfel, hyd yn oed. Cawn drafferth cysgu pan oedd pawb yn aros mewn rhyw neuadd. Ar ddiwedd gwledd byddai llawer yn cysgu ar lawr, a minnau gyda nhw, ond doedd dim tywydd i'w deimlo o'n cwmpas. Sŵn rhochian a rhechu yn lle synau natur.

'Deffro ar lawr y neuadd mewn cornel dywyll ar fy mhen fy hun wnes i'r noson honno. Wrth gwrs, roedd de la Bere wedi'i heglu hi. Fe'm gadawodd mewn penbleth. Ac roedd gen i gur annioddefol yn fy mhen.'

Ac am y tro cyntaf, rwy'n credu, fe ddechreuais sylweddoli na allai ei gorffennol aros yn rhamant pur, ac mai fi fyddai'n ddiniwed petawn yn mynnu aros yn y byd hawdd a bendigedig hwnnw.

Gafaelais yn llaw Mam, i geisio dweud wrthi fod pethau'n iawn, fy mod yn dechrau deall. Ond doedd hi ddim yn fodlon cymryd cysur gen i.

'Fe dreisiodd e fy nghorff; cymryd mantais ar fy meddwdod,' meddai'n dawel. 'Dwi'n cofio dim.'

Ro'n i'n gobeithio na fyddai hynny'n cael ei ddweud. Do'n i ddim eisiau credu bod hynny wedi digwydd. Mae'n anodd meddwl am bethau creulon yn digwydd i rywun rydych yn ei garu. A do'n i ddim eisiau gwybod rhagor o fanylion chwaith.

'Dyna pam y dest ti adre?'

'Dyna pryd . . . y dechreuodd yr hiraeth. Yn sydyn ro'n i'n gweld angen fy mam.' Gwenodd yn drist wrth gofio. 'Ond heb yn wybod i mi, doedd dim cartref ar ôl – pla a newyn ym mhob man. Gwas ac arglwydd yn marw fel ei gilydd a'r gwleddoedd yn prinhau. O leiaf pan on i'n crwydro ro'n i wedi gallu dianc rhag tristwch bywyd am gyfnod. Ond mae popeth yn mynd ar chwâl pan ddaw awel y pla heibio.'

Gallwn ddeall hynny – dianc oddi wrth dristwch bywyd fyddwn i'n ei wneud wrth wrando ar ei straeon.

Ond nawr roedd y gwewyr yn gafael a'i thalcen yn rhychau i gyd. Dechreuais ganu pennill fach ysgafn.

'Chwardd y fwyalchen mewn celli
Nid yw'n aredig, does neb yn aredig drosti
Eto does neb yn fwy llawen na hi.'

Roedd hi'n dawel am funud neu ddwy, ond ni allai ei meddwl newid trywydd.

'Roedd yn rhaid i mi gael Dafydd, Nest. Wyt ti'n deall? Dim ond fe oedd ar fy meddwl a dechreuais nesáu ato, yn fwriadol. Roeddwn i'n teimlo mor gyfarwydd ag e – yr oriau a dreuliais o fewn ei glyw ac yntau'n gwybod dim amdanaf. Neu felly y meddyliwn. A'r diwrnod wedyn, ar ôl i mi gael fy nhreisio, ei gwmni ef oedd y peth mwyaf diogel a chadarn a chyfarwydd a chynnes y gallwn feddwl amdano. Ac roedd arnaf ei eisiau yn fwy nag erioed. Pan ddeuthum yn ddigon agos ato i edrych ym myw ei lygaid, gallwn weld nad oedd fy nyheadau yn gwbl wrthun iddo yntau chwaith. Mae merch yn gallu synhwyro pan fydd ar ddyn ei heisiau . . .'

Am funud roedd hi ar goll, yna gwenodd arnaf, fel petai hi wedi cofio'r unig beth oedd yn bwysig i'w gofio.

'Roedd Dafydd yn gymaint o athrylith – pwy allai beidio â gwirioni arno? Nawr gad i ni gadw'r atgofion, Nest . . .'

Gwthiodd Lleu i'r byd fel gwawr ar ddiwedd noson dywyll. Ro'n ni'n ei adnabod yn iawn. Roedd ei wyneb yn gyfarwydd er nad o'n i erioed wedi'i weld o'r blaen.

'Edrycha arno, Mam!' chwarddais. 'Trwyn Tada, dy geg di, gwallt aur fel Rhiannon a sgwyddau sgwâr Pryderi!'

O'n, ro'n ni'n nabod yr un bach newydd yma'n iawn, ac yn ei garu'n syth bin. Roedd hwn wedi dod i'r byd i gael ei ddifetha'n llwyr. Lleu, cannwyll fy llygad.

Efallai nad oedd hi'n cofio llawer am noson y wledd. Ond roedd hi wedi gweld Dafydd eto. Yno o'i blaen. Cannwyll ei llygad hithau.

12

Cerddais allan am awyr iach, bron yn disgwyl gweld yr enfys berffaith oedd yn pontio Cribyn a Chorn Du. Oedd enfys yn ymddangos bob tro byddai un bach newydd yn dod i'r byd? Roedden nhw i gyd yn wahanol, beth bynnag. Diolch i Nhad, byddwn i'n sylwi ar y gwahaniaethau – coch yn amlycach na'r melyn weithiau, a'r gwyrdd yn ceisio'i orau. Ar adegau eraill allwn i ddim cyfrif faint o liwiau oedd yna i gyd; ro'n i bron â drysu wrth geisio penderfynu lle roedd un lliw yn dechrau a'r nesa'n gorffen. Fel edrych ar y sêr. Po hiraf yr edrychwn ar enfys, y mwyaf o liwiau y gallwn eu gweld. Heddiw roedd wyth lliw balch – un i bob plentyn.

Lleu oedd ei enw. Lleu fel golau. A bachgen bach penfelyn, hawdd gwneud ag e, fel Tada, oedd Lleu. Gwirionais yn lân arno, a'i fagu am oriau gan fwytho sidan aur ei gorun a rhychau ei dalcen gwyn.

Gyda cheg arall i'w bwydo roedd rhaid i mi ennill fy lle. Gweithiais yn galed iawn allan yn y caeau a do'n i byth yn gofyn am fwy o fwyd. Ceisiais fy ngwneud fy hun mor ddefnyddiol ag y gallwn, ac yn anweladwy, bron – fel Mam yn ei stori. Roedd hi wedi llwyddo i guddio ond eto bod yno, a dyna o'n i'n ceisio'i wneud. Roedd ofn enfawr arna i y byddai Tada, un diwrnod, yn dweud wrtha i am fynd i'r priordy ac y byddai rhyw ddyn yno'n disgwyl 'y mhriodi wrth ymyl yr allor. Roedd Gweirful yn bigog iawn am hynny.

'Dwyt ti ddim yn normal. Mi faswn i'n gwneud unrhyw beth i gael mynd – ac rwyt ti'n gwneud popeth i *beidio* â mynd.'

'Fe allet ti wneud be wnaeth Mam, Gweirful – rhedeg i ffwrdd!'

'Ond wedyn byddai'r un cegaid yn llai i'w fwydo wedi mynd – a fi fyddai honno, dim ti!'

Roedd hyn mor nodweddiadol o Gweirful. Er ei bod hi'n ddigon parod i fynd i ffwrdd, yn barod i briodi, a finnau ddim, roedd yr awydd i 'ngweld i'n diodde yn fwy. Roedd hi'n aeddfetach na fi, ond allwn i ddim peidio â meddwl ei bod hi'n hunanol, a'r hen olwg slei yna'n celu rhywbeth – ro'n i'n siŵr o hynny.

Allwn i ddim diodde'r gusan leiaf gan Rhys ar ôl clywed am Mam yn cael ei threisio. Byddwn yn gwneud yn siŵr bod Lleu gen i pan fyddwn yn ei weld, fel esgus i beidio â bod yn rhy agos.

Golau bach yn wir oedd Lleu. Fe oedd fy ffefryn ac ro'n i'n ei fagu fwy na Mam. Efallai er mwyn ymddangos fel mam ifanc fy hun. Roedd yn un ffordd o gadw dynion draw.

'Nest? Beth sy'n bod?'

'Dwi'n teimlo'n sâl,' baswn yn ei ddweud wrtho, er na allwn esbonio'r gwir reswm pam roedd fy stumog yn corddi. 'A beth bynnag, Rhys, beth yw'r pwynt? Does dim dyfodol i ni'n dau.'

Gwyddai Rhys yn iawn taw rhedeg i ffwrdd fyddai'n rhaid i ni'i wneud petaem ni am briodi. Ond doedd dim sôn y byddai'n gofyn. Chwarae oedden ni. Roeddwn yn synhwyro ei fod fymryn yn fwy diamynedd tuag ataf yn ddiweddar, ond doedd e ddim wedi gofyn i neb arall ei briodi chwaith. Eto i gyd, rhygnu caru oedden ni.

'Ti'n sylweddoli fod cadw hyd braich oddi wrth Rhys yn gwneud iddo golli'i ben yn lân amdanat ti, 'dwyt?' meddai Angharad un dydd. Roedd hi wedi tyfu i fod yn ferch sylwgar a threiddgar. Roedd Gweirful gerllaw hefyd, ond ddywedodd hi ddim byd, heblaw tuchan.

Doedd dim llawer o sgwrs i'w chael gan Cynrig a Math; ffermwyr syml fel Tada oedden nhw a phrin eu cwestiynau. Roedden nhw'n lwcus eu bod yn gallu derbyn popeth mor ddigwestiwn. Ychydig yn fwy teimladwy oedd Pryderi – ef oedd yr un fyddai'n gofyn i Mam a oedd hi'n teimlo'n well pan fyddai cur yn ei phen, ac nid oedd mor farus a llwglyd â'r bechgyn eraill. Ond Lleu oedd y gorau gen i. Rhedai ar ras wyllt o gwmpas y lle fel bod rhaid i ni ofalu amdano o gwmpas y tân, a gwneud yn siŵr na fyddai'n mynd ar goll. Pan ddechreuai redeg, chwarddai ac ymhyfrydai yn y rhyddid. Weithiau byddwn yn methu cysgu'r nos wrth feddwl amdano'n mynd ar goll ym mwrlwm y farchnad, neu'n cael ei gipio gan sipswn i ryw wlad bell, bell i werthu sidan a sbeis.

Pan sylwon ni fod hen chwydd hyll dan gesail Lleu un noson a'i fod yn belen o chwys a chryndod, do'n i ddim yn gwybod beth i'w wneud. Ond ro'n i'n gwybod yn iawn beth i'w ddisgwyl. Ro'n ni wedi bod yn lwcus hyd yma.

'Mae ei chwerthin wedi tawelu,' dywedodd Tada.

'A ninnau i gyd yn sibrwd,' meddai Mam.

'Ai dial y tylwyth teg yw hyn?' gofynnodd Rhiannon.

'Dial am beth, Rhiannon fach?'

'Am iddyn nhw beidio â llwyddo i ddwyn Lleu pan oedd e'n fabi bach.'

'Nage, cariad,' meddai Tada yn gadarn a phwyllog. 'Dial Duw, efallai, ond nid y tylwyth teg.'

Ymddangosodd mwy o'r chwyddo wedyn – fel afalau surion bach – ar ei gluniau, ei goesau a thros ei gorff i gyd. Roedd cyfnod torcalonnus o'n blaenau. Am ddyddiau, cerddi a straeon am dylwyth teg oedd ei unig gysur. Pan ddaeth y smotiau porffor tywyll, ro'n i'n gwybod bod ei fywyd bach ar ben ac yn dymuno'r diwedd iddo, cymaint oedd ei ddioddefaint.

Torrais fy nghalon yn llwyr pan aeth i gysgu yn fy mreichiau am y tro olaf, prin ddwyflwydd oed. Ro'n i'n gafael yn dynn ynddo a ddim eisiau gadael iddo fynd ar y drol gyda'r cyrff eraill i'r bedd calch.

Rhiannon wnaeth ddwyn perswâd arna i.

'Nest, mae'r angylion wedi cymryd Lleu nawr,' meddai o'r diwedd, a thynnu fy mraich. 'Roedd e'n fachgen da a maen nhw'n gofalu amdano. Dim ond ei gorff sydd ar ôl; rhaid i ti adael iddo fynd.'

Ro'n i'n synnu at ei haeddfedrwydd.

'Paid dod yn agos, Rhiannon – cadwa draw – dwi ddim eisiau i'r angylion dy gymryd di hefyd. Fe gawn nhw fynd â fi, ond dim ti.'

Er mor annealladwy oedd y salwch erchyll yma, ro'n ni i gyd yn synhwyro bod cadw draw yn syniad da. Efallai mai Rhiannon fyddai nesaf – efallai fi. Efallai ddim. Doedd hi ddim yn gwneud synnwyr.

Wrth gwrs, roedd gan Gweirful ei chynlluniau ei hun.

'Lle mae hi?' holodd Mam.

Doedd dim sôn amdani yn unman.

'Fe adawodd hi yng nghanol y nos,' atebais. 'Mae hi'n gall. Mae hi wedi mynd.'

Fi oedd yr unig un i'w gweld hi'n sleifio allan. Dim ond fi oedd yn effro, yn magu Lleu yn ei oriau olaf. Pawb arall wedi llwyr ymlâdd ac yn cysgu, tra allen nhw.

'Gweirful?' sibrydais wrthi. 'Oes gen ti gwmni?'

'Cwmni? I be mae angen cwmni? Dwi'n gwybod be i'w neud. Tydi Mam wedi dweud digon bod dilyn y porthmyn yn ffordd dda o osgoi'r pla? Dwi ddim yn mynd i aros, Nest. Dwi ddim yn ffŵl.'

Ond gallwn daeru bod yna osgo chwyddi o gwmpas ei gwddf a'i hwyneb a rhyw olwg o flinder affwysol yn ei llygaid. Teimlad rhyfedd yw peidio â ffarwelio'n iawn â rhywun mor agos, gan feddwl na fyddwch chi byth yn gweld eich gilydd eto.

'Oes llaswyr gen ti? Mi fyddi'i angen.'

Ond roedd hi wedi mynd – a gwynt teg ar ei hôl. Ro'n i'n ei charu am ei bod yn chwaer i mi. Ond roedd yn anodd ei hoffi weithiau.

Er bod arna i eu hofn nhw, roedd yn well gen i feddwl bod Lleu wedi mynd gyda'r tylwyth teg. O leia wedyn byddai'n byw gerllaw yn Llyn Cwm Llwch. Efallai y byddwn i'n ei weld ryw dro, yn dawnsio o gwmpas cylch o lygaid Ebrill ac enfys berffaith uwch ei ben.

'Mae'n cymuned ni wedi'i chau i ffwrdd oddi wrth bawb.'

Roedd Nhad wedi bod am dro i weld beth oedd y sefyllfa. Roedd y cwarantîn wedi dechrau. Doedden ni ddim yn cael gadael y dref nawr.

'Y cyfan gallwn ei wneud yw aros i'r pla chwythu'i ffordd drwy'r teuluoedd truenus o gwmpas. Maen nhw wedi'u cau'u hunain yn eu cartrefi yn barod.'

'Taswn i'n rhoi corff Lleu mewn sach fe fydden ni'n gallu ei gladdu ar dir cysegredig y priordy – fydd neb yn gwybod mai marw o'r pla wnaeth e.'

'Mae'r gatiau wedi'u cau, Nest. Does dim posib mynd i mewn i'r dre; maen nhw'n ein cadw ni draw.'

Teimlais gyfog yn codi wrth fynd allan a gweld cyrff wedi'u gosod y tu allan i bob tyddyn bach a chartref o fewn golwg. Roedd Tada'n cofio'r pla diwethaf hefyd, meddai e, pan oedd rhaid gadael meirwon ar y trothwy a chau'r drws arnyn nhw. Na, fyddai neb yn credu bod plentyn mor iach â Lleu wedi marw o unrhyw beth ond y pla felltith.

'Gwastraff amser ac egni, Nest. Gad iddo fynd; dwi'n gallu clywed y drol yn dod.'

Cymerodd Nhad y corff bach yn ei freichiau a'i osod y tu allan i'r tŷ yn barod am y drol. Caeodd y drws a hoelio digon o ddistiau sbâr ar ei draws, tra edrychodd pawb arall arno'n gegagored, yn methu credu bod y pla wedi'n taro. Canolbwyntio ar gadw'n fyw ac osgoi pobl eraill oedd yn bwysig nawr, rhag ofn bod y pla arnyn nhw, neu arnon ni. Do'n i ddim yn cael bod ymhlith pobl eraill am ddeugain diwrnod – fel Iesu yn yr anialwch, neu Noa yn ei arch.

'Ond Tada, beth am Gweirful? Beth os daw hi'n ôl?'

'Mae hi wedi gwneud ei phenderfyniad,' atebodd. 'Os llwyddodd hi i adael neithiwr, chaiff hi ddim dod 'nôl nawr, beth bynnag.'

Eto, doedd Tada ddim yn llwyddo i guddio'i bryder yn llwyr. Doedd geiriau cryf o'r fath ddim yn gweddu iddo. Dechreuais innau deimlo'n wan gan flinder a diffyg bwyd, ac yn euog am beidio rhybuddio pawb fod

Gweirful yn mynd. Do'n i heb fwyta fawr ddim ers diwrnodau. Doedd dim chwant bwyd arna i chwaith, ac roedd hynny'n achosi pryder i Mam.

'Mae'n well i ti fynd i orwedd, Nest,' meddai. 'Fe gei di dipyn bach o fwyd, nawr.'

Ai fi oedd yn dychmygu pethau, neu a oedd pawb yn edrych arna i'n gyhuddgar? 'Hi fydd nesaf' oedd ar eu hwynebau. Ac roedden nhw'n iawn. Dwi'n cofio'r chwyddo'n dechrau o dan fy ngheseiliau, a'r chwys yn wlith oer drosof i gyd. Cofio dim wedyn, nes i mi ddeffro ddyddiau'n ddiweddarach. Cafodd y gwendid oedd arna i ei orchfygu gan y rhyfeddod 'mod i'n dal yn fyw.

Gwasgodd Tada fi ato. 'Mae rhai'n cael byw, Nest fach,' meddai'n dawel. 'Os wyt ti'n byw drwy un pla, fe fyddi di byw drwy bob pla. Does neb yn gwybod pam. Dwi wedi byw drwy ddau fy hun.'

Roedd hi mor dawel yn ein cartref. Pwysodd Tada ei ben i un ochr. Roedd ar fin dweud mwy, ond peidiodd.

'Tada, lle mae Cynrig? Math?'

Syllodd heibio i mi, i'r pellter, wrth ateb:

'Angharad oedd y cyntaf i fynd ar ôl Lleu, ac ro'n i'n meddwl mai ti fyddai wedyn, ond rwyt ti'n gryf, fel dy fam a dy dad.'

Llyncodd ei boer a dal ei ddagrau'n ôl.

'Doedd dim gobaith i'r bechgyn; heb fwyd yn eu boliau ro'n nhw'n wan cyn dechrau.'

'Pryderi? Rhiannon?'

'Falle daw Pryderi drwyddi,' meddai Tada. 'Ond dydy Rhiannon heb fod yn sâl o gwbl.'

'Angyles fach mewn cnawd yw hi,' sibrydodd Mam o'r gornel bellaf, gan afael yn dynn yn ei phlentyn iach.

Rhiannon. Ffefryn Tada. Roedd golwg welw welw ar y ddwy.

'Wnaeth cau pyrth y dref ddim llawer o wahaniaeth i'r bwrdeiswyr chwaith,' meddai Mam. 'Maen nhw'n syrthio fel pryfed, yn marw yn eu degau. Arhosa di fan'na i orffwys, Nest.' Trodd at Tada a gofyn, 'Ydyn ni'n cael mynd allan nawr? Mae angen chwilio am fwyd. Mae angen cig ar bawb i gryfhau.'

Roedd hi wedi heneiddio dros yr wythnos a aeth heibio. Allai hi ddim fforddio colli mab arall. A phetai Pryderi'n dod drwyddi, ni fyddai'r bychan yn gallu bwyta cig am wythnosau.

'Dŵr. Diod sydd ei angen arna i a Pryderi. Mae meddwl am gig yn troi arna i.'

'A fi hefyd, Nest, ond rhaid i mi fwyta'n iawn. Dyna sut mae 'mhlant i'n cael eu geni mor gryf.'

Rhoddodd ei llaw ar ei bol.

'Un arall?' dywedais, yn wan a dryslyd – heb wybod ai crio ynteu chwerthin oedd orau. Wedyn cofiais am y golled yn ein teulu ni. Cynifer o blant bach wedi marw.

'Prin y mae neb wedi sylwi. Un bach sydd yma'r tro hwn,' atebodd a'i llais yn llawn pryder.

'Ro'n i'n meddwl y baswn yn ei golli achos y pla a'r prinder bwyd, ond dydw i ddim. Un bach, ond penderfynol. Does dim llawer o amser i fynd, ac os daw'n gynnar, gallai ddod unrhyw bryd.'

Daeth Tada â dŵr i mi, cyn rhoi ei fraich o gwmpas Mam a chusanu'i thalcen. Roedd e'n gwybod, wrth gwrs, a minnau wedi meddwl erioed taw dim ond fi oedd fod i rannu cyfrinachau Mam.

'Cofia, Nest, mae colled digon o bobl eraill lawn cymaint â'n colled ni,' meddai. 'Does dim gwerth crio dros y pla. Rhaid derbyn beth bynnag ddaw.'

Rhoddodd ei law yn gadarn ar fol Mam. Do'n i ddim yn hoffi'r caledi anghyfarwydd yma yn Tada. Pam na allai fod yn fwy tyner?

'Dwi wedi byw drwy hyn o'r blaen,' meddai wedyn. 'Rhaid cael meddwl cryf yn ogystal â chorff cryf os wyt ti eisiau byw. Mae'r pla yn gwybod yn iawn lle mae gwendid pawb.'

Dagrau tawel, tristach na thristwch oedd yr wylo dros Lleu, Cynrig, Math, Angharad a Pryderi.

13

Daeth Gaeaf y Pla â thawelwch newydd mewn ffordd na fydden ni fyth wedi'i ddisgwyl. Doedd dim trefn yn unman, neb yn poeni am ei safle yn y dref. Doedd dim teimlad ein bod yn eiddo, fel pobl, i'r Arglwydd Bohun dim mwy. Blas chwerwfelys oedd i hyn. Ro'n ni'n cael mynd a dod fel y mynnem, unrhyw le y mynnem. Doedden ni ddim yn cadw at drefn bywyd bob dydd mwyach. Byddai Nhad yn gweithio'r tir os teimlai fel gwneud, a finnau'n lled helpu weithiau. Doeddwn heb weld enfys ers tro.

Addewid i Noa am dywydd braf oedd hynny yn ôl y mynachod. Ai dyna pam roedd un ohonynt wedi peintio bwa amrwd ar wal y priordy – fel gobaith ail law?

Anodd oedd ceisio paratoi bwyd bwytadwy gan fod arogl marwolaeth yn gryf ymhob man, ac nid oedd chwant bwyd arnon ni. Eto i gyd doedd Mam heb anghofio'i chynllun i gael gafael ar gig. Er bod Pryderi wedi'n gadael, roedd tyfiant ei chroth yn galw am gynhaliaeth.

Doedden ni – Rhiannon a fi – ddim yn cael bod yn drist, ddim yn cael crio wrth gofio am Lleu a'i frodyr a'i chwiorydd. Roedd wal gerrig, fel un y castell, rhwng ein rhieni a'u galar. Petaen nhw'n dechrau bod yn drist bydden nhw'n crio dilyw, a'r wal gerrig roedden nhw wedi'i hadeiladu o'u cwmpas yn chwalu. Dechreuais feddwl am Rhys eto. Doeddwn i heb ei weld ers tro; wedi anghofio amdano, bron. Buasai ei weld yn braf, yn arwydd bod pethau'n dechrau gwella, efallai. Normalrwydd.

Roedd un peth bach yng nghefn fy meddwl – a fyddwn i'n gweld Gweirful fyth eto? Ro'n i'n synnu 'mod i'n poeni amdani, achos roedd bywyd yn haws hebddi, rywsut. Roedd Mam wedi anghofio amdani'n llwyr, neu felly'r ymddangosai i fi.

Ro'n i ar binnau'n aros iddi esgor, a hithau hefyd.

'Dewch, ferched,' cyhoeddodd Mam un bore.

Brasgamodd allan o'r ystafell fyglyd gan gymryd yn ganiataol y byddem yn ei dilyn.

'Lle 'dyn ni'n mynd, Mam?' gofynnodd Rhiannon.

'Dilynwch fi, a chewch chi weld.'

Gosododd fwndel o frymlys yn ei breichiau. Gwenodd Tada wrth brocio'r tân, cyn 'madael am y dydd. Roedd fel petai'n gwybod beth oedd ar droed. Doedd hi ddim yn cuddio dim oddi wrtho'r dyddiau hyn. Roedd hyn yn wedd newydd i'w perthynas. Roedd eu hagosrwydd yn tynhau.

Melin y Priordy oedd y man cyntaf i ni fynd heibio iddo ar y ffordd i borth y dref. Fel arfer bydden ni'n cerdded heibio – a rhyw ystum pen neu law yn gydnabyddiaeth – ond heddiw aeth camau powld Mam â hi i lawr at hen felin ei thad, cartref ei phlentyndod.

'Dewch!' gwaeddodd ar ein holau.

Safai'r felin ar lan afon Wysg, mewn pant, ar y brif ffordd i mewn ac allan o'r dref. Yr ochr draw i'r afon, ar y bryn, oedd Priordy ac Eglwys Sant Ioan, gyda'r goedwig a pherthlys yn amgylchynu'r lle.

Fel marsiandwr, gallai melinydd y priordy fod yn rhan o brysurdeb y dref os oedd yn dymuno hynny, neu gallai aros yn ei unfan, yn ei lecyn tawel. Roedd yn llecyn tawelach na'r arfer yn dilyn ymweliad y pla.

'Mam, oes gennyn ni hawl?'

Ro'n i'n baglu y tu ôl iddi, yn ceisio cadw at guriad ei chamau. Stopiodd o'r diwedd wrth gyrraedd gwaelod y lôn fach a arweiniai at y felin. Roedd chwys ar ei thalcen, a'r penderfyniad oedd yn ei llygaid cynt wedi troi'n betrusgar.

'Ddown ni 'nôl i fan hyn ar y ffordd adref. Awn ni i'r dref gyntaf – i'r farchnad. Dwi eisiau gweld a yw'r cigydd o gwmpas. O'n i'n arfer ei nabod.'

Roedd mwy o frasgamu i ddod.

'Oes rhaid i ni gerdded mor gyflym?' holodd Rhiannon a'i gwynt yn ei dwrn.

'Dere, rho'r brymlys i mi,' oedd yr unig gysur allwn ei gynnig iddi.

Anwybyddu pob protest a wnâi Mam. Un peth yn unig oedd ar ei meddwl.

'Dewch, mae gen i gymaint i'w ddangos i chi. Fe gawn ni lonydd i grwydro'r strydoedd heddiw. Pwy a ŵyr be ddigwyddith yfory?'

Oedd hi'n rhagweld rhyw de la Bere yn cyrraedd ac yn ein curo ni'n ôl i'n cwt o gartref, yn ein rhoi ni yn ein lle? Rhuthrodd ar hyd y ffordd i mewn drwy furiau'r dref.

'Dacw fe!' Roedd anghrediniaeth yn ei llais a chawson ni mo'n siomi.

'Helpwch eich hun i'r cig – does dim dewis gen i – rhaid ei fwyta heddiw. Neu fe allech ei halltu – cymrwch!'

Cigydd hardd yn ei dridegau yn gweiddi yn Ffrangeg. Ro'n i wedi clywed digon ar yr iaith i frasddeall termau prynu a gwerthu. Roedd yn anodd peidio; treiddiai'n gyfrwys i bob twll a chornel, rywsut.

Roedd y cigydd yn ddigon call i wybod na fyddai neb yn talu am ei gig, ac yn ddigon doeth hefyd i sylweddoli efallai y byddai rhywun yn ffeirio rhywbeth amdano. Roedd ei ffedog yn lân, arwydd na fu'n trin cig heddiw. Felly doedd y cig ddim yn ffres.

'Rho fe iddo fe!' pwyntiodd Mam at y brymlys yn fy mreichiau.

'Cymrwch – edrychwch – 'dyn ni wedi byw drwy'r pla achos bod brymlys yn y tŷ.'

Siaradai Mam Ffrangeg yn rhugl a graenus! Roedd Rhiannon a finnau'n gegagored. Celwydd oedd y cyfan, wrth gwrs, ond doedd dim rhaid i neb wybod bod ein brodyr a'n chwiorydd yn farw – roedden ni'n fyw. Rhaid oedd canolbwyntio ar hynny. Gwneud yn fawr o hynny. Cymerodd y cigydd lond braich o'r deiliach tra bod Mam yn edrych drwy'r cig oedd ar gael.

Yn sydyn, clywsom sgrech erchyll. Teimlais law fach Rhiannon yn chwyslyd yn f'un i. Oedodd Mam. Roedd hi ar fin dweud rhywbeth – yna anwybyddodd y sgrech cyn gofyn:

'Oes rhywbeth mwy ffres, Jean-Paul?'

Roedd osgo powld arni, fel petai rhyw hen hyder wedi dychwelyd. Chododd y cigydd mo'i ben.

'Nagoes,' meddai'n siort.

Aeth Mam yn nes a phwyso ymlaen gan roi ei dwy law ar bren ei stondin. Roedd ei llais yn dynerach; roedd rhaid iddo edrych arni.

'Jean-Paul, dwi'n cofio pan fyddai dy dad yn cadw rhywbeth bach wrth gefn bob wythnos – nag wyt ti?'

Roedd gweld ei wyneb di-hid yn newid, yn llawn syfrdan, ac yna'n llawn cyffro, yn bictiwr.

'Cymry? Sut felly?' Pwyntiodd at ei dillad.

Doedd tlodion caeth yn y brethyn salaf byth yn siarad Ffrangeg da. Dechreuais ddychmygu braw'r cigydd wrth iddo boeni am y pla'n chwalu'r muriau rhwng tlawd a chyfoethog. Teimlad o bŵer ddaeth i mi wrth feddwl am hynny. Efallai fod gobaith i ni dlodion wedi'r cyfan.

'Jean-Paul – nag wyt ti'n fy nghofio?'

Roedd Mam yn wên i gyd. Pla yn y dre, meirwon o'n cwmpas, a Mam yn gwamalu dros ddarn o gig. Doedd dim cywilydd ganddi. Dechreuodd Jean-Paul chwerthin yn dawel yn ei frest. Cynyddodd cyn troi'n chwerthiniad iach.

'Efa – wrth gwrs! Dim ond ti fyddai'n byw drwy'r pla am yr ail waith – fel fi!' dywedodd, a'i wên yn hyfryd a chynnes. 'Glywes i dy fod ti wedi dod 'nôl adeg y pla diwethaf. Roedd hynny flynyddoedd yn ôl. Lle wyt ti wedi bod yn cadw, *ma petite fleure*?' Daeth yn nes ati a rhoi ei fraich o gwmpas ei chanol. Cusanodd hi'n ysgafn ar ei thrwyn.

'Ti'n nabod y dyn yma?' Tynnodd Rhiannon ar fy mraich yn ddiamynedd. 'Dwi ddim yn ei hoffi – mae ofn arna i. Mam, gawn ni fynd?'

Ond doedd Mam ddim yn gwrando arni. Mae'n siŵr taw ofn y sgrech oedd arni mewn gwirionedd.

'Dwi'n byw tu allan i'r dref, Jean-Paul,' atebodd Mam gan chwerthin, fel petai hi'n dweud y peth gwirionaf posib. Taflodd Jean-Paul ei freichiau i'r awyr mewn anghrediniaeth.

'Efallai y gelli di ddod 'nôl i'n plith, nawr 'te? Dwyt ti ddim fel y tlodion yna sy'n cymryd mantais ar bawb y dyddie hyn.' Roedd ei fraich yn dal yn dynn am ei chanol. 'Un ohonon ni wyt ti! Dwi'n gwybod am dy dras.' A sibrydodd rywbeth na allwn ei glywed yn ei chlust.

'Ydy e wir?' Gwingodd Mam o'i afael.

Rhoddodd y cigydd ei ddwylo ar ei bol beichiog, gan edrych draw at Rhiannon a finnau fel tasen ni'n amharu ar eu cyfarfyddiad. Cefais y teimlad nad oedd yn credu ein bod o'r un cefndir cymdeithasol â Mam. Roedd yn llygad ei le.

'Wel? Cig, Jean-Paul? Beth sydd gen ti?'

Doedd Mam ddim mor barod ei gwên erbyn hyn. Tynnodd y cigydd ham wedi'i halltu o gefn ei stondin.

'Dyma ti'n gyfnewid am y chwyn diwerth yma!' Roedd e fel petai'n chwerthin am ein pennau.

''Dyn nhw ddim yn ddiwerth!' meddai Mam.

'Fedri di ddim byw drwy'r Pla Du os yw dy enw ar restr y Medelwr Mawr Efa, brymlys ai peidio,' meddai'r cigydd yn anobeithiol. 'Man a man i ti ddefnyddio'r chwyn sych yna i danio coelcerth.'

'Cymera fe'r un fath.'

Roedd ar Mam eisiau talu mewn rhyw ffordd.

'Ti'n gwybod nad yw hynny'n agos at fod yn

ddigon!' dywedodd gan roi ei fraich o'i chwmpas eto.
'Ond . . . efallai . . . cusan fach?'

A gadawodd Mam iddo gusanu'i boch, cyn derbyn y
cig.

'Diolch iti, Jean-Paul. Welwn ni di'r tro nesaf y
down ni i'r dref.'

Wrth gerdded i ffwrdd ro'n ni'n ei glywed yn
gweiddi ar ein holau:

'Dwi'n edrych ymlaen! Paid â bod yn ddiarth y tro
nesa – bydd y gost yn ddrutach, gei di weld!'

Gan gamu oddi yno'n frysiog, dywedodd Mam
mewn llais isel:

'Ro'n i'n arfer prynu cig oddi wrth ei dad bob
wythnos pan o'n i'n ifanc. Roedd Jean-Paul yn un o'r
rhai oedd gan 'y nhad mewn golwg fel gŵr i mi.'

Aeth cryndod drwyddi. Roedd y wên wedi hen
ddiflannu.

'Wel, doedd dim gobaith y byddai hynny'n digwydd!'
dywedodd wedyn.

'Beth, Mam?' gofynnodd Rhiannon.

'Fi a Jean-Paul yn priodi.'

Roedd Rhiannon yn ddryslyd iawn – wyddai hi
ddim o gwbl am gefndir ei mam. Roedd ei llygaid yn
ymbil arnaf am atebion.

'Pam, Mam?' gofynnais innau, mewn dryswch fy hun.

'Osgoi gorfod priodi oedd un o'r rhesymau i mi
fynd ar grwydr,' dywedodd. 'A beth bynnag, mae'n well
gen i ddynion sy'n creu ac yn meithrin na dynion sy'n
bwtsiera.'

'Ar grwydr?' ymatebodd Rhiannon mewn penbleth, cyn holi, 'Beth sibrydodd e yn dy glust di, Mam?' yn ddiniwed i gyd.

'Rhai pethau nad ydw i am i ti eu clywed, 'merch i,' atebodd, yna siriolodd drwyddi. 'Ond fe ddywedodd e hefyd fod y Ffrancwr oedd ym Melin y Priordy wedi marw, a bod gweddill ei deulu wedi ffoi o'r dref. Mae melin fy mhlentyndod yn wag!'

Cerddodd y tair ohonom o gwmpas y farchnad. Roedd Mam wrth ei bodd yn ei hen gynefin, ac yn cerdded yn sionc, er bod ei hamser bron â chyrraedd. Roedd hi'n amlwg i mi hefyd fod y newyddion am y felin yn ychwanegu at ei sioncrwydd.

'Mae'n wag yma,' dywedais wrth ei dilyn, a Rhiannon yn dal fy llaw o hyd.

Nid gwacter fel hyn oedd i farchnadoedd ei straeon, ers talwm.

'Mae'r marsiandwyr i gyd yn cadw draw neu wedi marw. Mae'r ffenestri i gyd ar gau. Edrycha – fan'na – dyna lle'r o'n i'n prynu sgidiau melfed, a fan'na – dyna lle'r oedd y beirdd yn canu ar eu ffordd i neuaddau'r noddwyr.'

'Dwi ddim yn hoffi'r hen ddyn 'na sy'n syllu arnon ni, Mam,' dywedodd Rhiannon, ond cerddodd Mam yn dalsyth at stondin o sidanau lliwgar.

Sylwodd hi ddim ar yr hen ddyn llwyd ei wallt, ar ei gwrcwd, a'i lygaid yn ein dilyn. Roedden nhw'n las ac yn garedig. Gwenodd arna i a gwenais innau'n ôl wrth i ni gerdded heibio'n gyflym rhag colli golwg ar Mam.

Daeth ail sgrech erchyll i'n clyw ac ymddangosodd hen wrach loerig o unlle a dechrau rhedeg mewn cylchoedd o'n cwmpas yn wyllt. Roedd gwatwar creulon yn ei llais wrth iddi droi mewn cylchoedd meddw o 'nghwmpas i a Rhiannon.

'Tyfwch frymlys a llysiau'r gwaed i gadw'r pla draw!' sgrechiodd, gan ddechrau tynnu gwallt Rhiannon.

'Peidiwch â gwrando ar wrach Endor!' gwaeddodd yr hen ŵr llwydwallt yn Gymraeg. 'Gad lonydd i'r fechan, y sguthan front!' ychwanegodd.

Roedd sgrech Rhiannon bron mor frawychus ag un y wrach.

'Anghofiwch grefydd Rhufain! Mae Duw wedi'ch anghofio chi!' atebodd yr hen wraig.

'Mae digon o frymlys yn sychu yn ein tŷ ni erioed – rhag pryfed cop a chwain. Gadewch lonydd iddi!' Wn i ddim pam y gwaeddais i arni. Oedd pobl ryfedd y dref yn corddi rhywbeth ynof fi? Fyddwn i ddim yn un am weiddi, fel arfer. Daeth â'i hwyneb budr, diddannedd yn agos agos at f'un i, a 'ngwatwar yn frawychus. Dim golwg o Mam – lle yn y byd oedd hi?

'Menthua pulegium: llysiau'r gwaed; dail y gwaed; brymlys; breflys; dalen y geiniog . . .' Roedd ei llais yn gwatwar llafarganu'r Brodyr: '. . . coluddlys y brefai; llysiau'r pwdin; llysiau'r archoll; llysiau'r coludd; llyrcadys; llysiau'r geiniog; organs; pennyroyal . . . Un o'r tlodion wyt ti – fel fi. Does unman i fynd i ddianc rhag yr archollion,' dywedodd y wrach, gan ddawnsio'n hyll. 'Tusw o flodau'r tylwyth teg. Ond pothelli o waed du! Pothelli o waed piws a du! Dyna welwch chi – dydy'r stwff yn dda i ddim!'

Yn sydyn, curwyd hi i'r llawr yn greulon â phastwn.

'Hen faer y dref.'

Llais Mam, o'r diwedd, yn sibrwd yn frysiog wrth iddi ein tywys heibio'n gyflym. Ciciwyd y wrach i ochr y stryd, fel petai'n barod i'w chasglu fel celanedd y pla.

'Cau dy geg â'th gabledd!' poerodd y gŵr ar y wrach yn Saesneg.

Gallwn weld bod braw yn ei lygaid yntau, a chwys yn diferu o'i gorff. Doedd ei farwolaeth ond dyddiau i ffwrdd. Diwrnod efallai. Ar ei wddf, gallwn daeru bod chwydd yn ymddangos o flaen fy llygaid. Yfory byddai ei wyneb balch yn gwingo mewn poen, ei hunan-bwysigrwydd yn ddim mwy nag atgof.

Trois fy mhen i weld ymateb yr hen ddyn llwydwallt. Ond roedd e wedi diflannu. Buasai gweld wyneb caredig wedi bod yn braf yr eiliad honno. Yn sydyn, dechreuais ysu am weld Rhys. Doedd hwn ddim yn lle i blentyn, a doedd dawn Mam i danio dychymyg ddim yn gweithio yn llymder y lle. Roedd yn well gen i gofio am farchnad ei straeon, nid yr uffern yma. Roedd y cyffro wedi mynd. Methai'r marsiandwyr guddio'r braw o'u lleisiau. Pydru wnâi popeth ar y byrddau pren. Doedd lliwiau'r sidanau ddim mor llachar â'r lliwiau a welsai dychymyg fy mhlentyndod. Ac roedd rhywbeth trist trist am yr un stondin liwgar yn rhygnu gwerthu moethusrwydd nad oedd neb am ei brynu.

Dyna siom oedd y cyfan. Siom am y farchnad, siom nad oedd sôn am Rhys yn unman. Petawn i wedi ei weld yr adeg honno, efallai mai siom fyddai hynny wedi bod hefyd, ond gan nad oedd ar gael, ro'n i'n gweld ei eisiau. Ro'n i'n camgymryd dynion ifanc eraill amdano drwy'r amser ac roedd meddyliau amdano'n troi a throi yn fy mhen gan fy mlino'n lân. Cynyddai'r awydd am gael ei weld, gan wneud i 'nghalon guro'n gyflymach – nid fel gordd, ond fel adenydd dryw bach.

Dechreuais redeg, mewn ymgais i adael y meddyliau y tu ôl i mi. Roedden nhw'n ormod o gymhlethdod y funud honno. Llithrodd llaw fach Rhiannon yn chwyslyd o'm gafael. Rhedodd y ddwy ohonom allan drwy waliau'r dref ar frys, fel llygod bach i'w twll. Ein dilyn *ni* yr oedd Mam erbyn hyn, a'r cig sych dan ei braich. Rhedeg a rhedeg. Dal dwylo eto erbyn hyn, a chwerthin, nawr ein bod yn ddigon pell i ffwrdd o bobl ryfedd y dref.

'Ewch lawr at y felin!' galwodd Mam ar ein holau, heb boeni pwy fyddai'n ei chlywed.

Roedd hi'n hawlio'i hen gartref yn ôl, fel petai geiriau Jean-Paul wedi awdurdodi hynny.

'Does neb yno – mae'n wag – pawb wedi marw neu ffoi – bydda i yna nawr!'

Cerddodd y ddwy ohonom i mewn i'r adeilad carreg, gwyngalchog ac edrych o gwmpas gan deimlo ias. Roedd yn brofiad gwefreiddiol. Gallem glywed rhuthr yr afon gerllaw yn gyfalaw i'n cyffro. Roedd hi'n oer oer yno, heb dân i gynhesu'r lle ers dyddiau, os nad wythnosau. Tanau enfawr yn y waliau cerrig oedd yma, a simdde'n arwain y mwg allan – yn wahanol i'n tân amrwd ni yng nghanol y llawr a'r twll yn y to.

Roedd awydd teimlo popeth arna i – rhedeg fy mysedd hyd y dodrefn Ffrengig, y cistiau mawr derw a'r tapestrïau ar y waliau ac ar ochrau'r dodrefn. Welais i erioed y fath foeth; roedd ei deimlo'n ychwanegu at y wefr a'r newydd-deb. Ar y cistiau roedd platiau piwtar neu glustogau. Roedd y cistiau isel yn wlâu ac arnynt glustogau plu i'r bobl gyfoethog. Cysgu ar wellt fydden ni'n ei wneud. Gorweddais ar un ohonynt ac aros am Mam.

'Dere! Dere i orwedd fan hyn; gei di orffwyso fel gwraig Ffrengig gyfoethog!'

'Neu Gymraes gyfoethog?'

Roedd eironi yn ei hymateb, ond gorwedd wnaeth hi tra rhedodd y ddwy ohonom – Rhiannon a fi – yn wyllt o gwmpas y stafell, yn codi cwpanau piwtar ac esgus yfed gwin. Roedd hi'n braf cael chwaer fach i'm hatgoffa sut i ymddwyn fel plentyn.

Rhuthrodd Rhiannon i fyny'r grisiau i fusnesu fwy. Clywson ni hi'n gwichial ac yn chwerthin am yn ail wrth iddi ddod o hyd i drysor ar ôl trysor. Roedd hi wedi ffeindio drych ac yn astudio pob rhych a blewyn o'i hwyneb ynddo.

Gorweddai Mam ar ei gwely newydd gan syllu ar y tapestrïau'n cynhesu'r waliau.

'Wnes i erioed sylwi o'r blaen . . .' meddai.

'Ar beth, Mam?'

'Sylwi mor hardd yw'r garreg. Mae'r tapestri'n amlwg, y lliwiau a'r cyfoeth, ond mae'r garreg yn dangos ei lliwiau i gyd yn ei erbyn. Cymaint o liwiau; dydy e ddim yn llwyd i gyd.'

'O, Mam, dwi eisiau mwynhau hyn. Ar ôl yr holl freuddwydio, dyma ni yma!' mentrais ddweud, cyn iddi ddechrau ar bregeth fach annisgwyl.

'Roedden ni'n gneud yn iawn, y Cymry, yn dechrau cyrraedd rhywle ac yn cael swyddi o statws, yn dal i gael siarad ein hiaith. Dim ond i ni siarad ieithoedd eraill hefyd, roedden ni'n iawn.'

'Bydd pethau'n newid nawr, gei di weld,' meddwn innau. 'Dyna un peth fydd yn newid oherwydd y pla, a hynny am y gorau,' dywedais, gan geisio'i sicrhau, ond geiriau gwag oedden nhw, ac roedd Mam am ddweud ei dweud.

'Dwyn popeth oddi arnom – ein swyddi, ein cartrefi, ein hawl i werthu nwyddau yn y farchnad.' Gorweddodd 'nôl ar y plu. 'A nawr mae uchelwyr Cymru yn plygu glin i goron Lloegr. Ddaeth 'na neb i roi cymorth i gwnstabl y castell newydd yn Emlyn – ti'n cofio?'

'Ond ni sy pia fan hyn eto nawr!'

Daeth llais Rhiannon i'n clyw wrth iddi ail-ymddangos. Safodd o'n blaenau gan droi rownd a rownd yn dal y drych llaw o flaen ei hwyneb. Yna roedd hi'n agor un o'r cistiau yn fusnes i gyd.

'Beth sydd fan hyn? O! Fe wnaiff rhain y tro'n iawn!'

meddai, gan dynnu allan un garthen ar ôl y llall, mantell ar ôl mantell, yn gymysgedd o liwiau llwm Cymreig a rhai lliwgar Ffrengig.

A gaeaf felly fu hwnnw. Yn pegynu rhwng eithafion tristwch, anobaith a dicter, ac uchafion ecstatig lliwiau a rhyddid.

'Ti yn llygad dy le, Rhiannon,' ochneidiodd Mam. 'Diolch am ddiniweidrwydd plentyn.'

Diolch byth, roedd y chwerthin yn ôl yn ei llais.

Cododd o'i gwely plu a chyhoeddi'n falch: 'Nawr, ferched, ewch i gasglu Tada. Dywedwch fod cartref newydd gennyn ni, ac mai fe yw'r melinydd newydd! Dwi ddim am fynd 'nôl i'r hen le yna. Dwi am aros yma! Yn fy hen gynefin.'

Gorweddodd yn ôl drachefn a chau ei llygaid yn dynn.

'Dwi wedi dod adre.'

Yna, yn dawel, ychwanegodd, 'Ewch heibio'r grog aur ar eich ffordd!' fel petai ei chydwybod yn gwthio euogrwydd i'r wyneb.

Cyn pen dim roedd hi'n cysgu. Un fel yna oedd hi. Byddwn i bob amser yn cenfigennu at y ffordd y gallai gysgu mor rhwydd.

'Fe wisga i hon!' Roedd Rhiannon wrth ei bodd â'r fantell fach goch, oedd yn ei gweddu i'r dim.

'Ti'n edrych fel Ffrances fach, 'da'r llygaid brown yna.'

Wrth i ni adael y felin, daeth rhywbeth i'm meddwl. 'Bydd rhaid i ni ddweud wrth Tada am ddod â choed tân. Mae'r babi nesaf yma am gael ei eni yn yr un lle â'i fam.'

Cerddodd y ddwy ohonom yn ôl tuag at y dref, gan droi i fyny rhiw'r priordy at y grog aur. Roedd llaw fach Rhiannon yn dal yn dynn yn y drych, ac roedd dawns ysgafn i'w cherddediad. Ro'n i'n disgwyl i hyn newid pan ddywedodd hi, 'Sdim rhaid inni alw heibio eglwys y priordy i weld Iesu ar y groes, nag oes?'

'Ond mae Mam wedi dweud . . .' Chefais i ddim gorffen.

'Ond does dim llawer o gysur yn y priordy, nag oes?'

Roedd hi'n dechrau simsanu'n barod. Roedd ei braw yn y Crist ar y groes, neu'r grog, yn debyg i f'un i. Ond roedd rhaid i mi swnio'n gryf.

'Paid â chablu; cysur gweld y grog a gweddïo ar y seintiau sydd yno. Mae'n rhaid i ti gofio hynny. A chuddia'r drych. Dydy e ddim fod mewn lle fel hyn.'

Doedd ar Rhiannon ddim eisiau clywed hynny. 'A phob mynach yn magu swigod du dros ei gorff yn y dortur? Pwy sy'n poeni?' atebodd, yn aeddfetach na'i hoed. 'Dwi ddim yn siŵr a yw'r paderau'n gweithio. Dwi ddim yn siŵr a oes ots gan Iesu ddim mwy. I beth awn ni i'w weld ar y grog? Mae'n teimlo fel mai dim ond ti a fi, Mam a Tada sydd ar ôl.'

'Ti'n gwybod nad yw hynny'n wir.'

Crynai'r ddwy ohonom drwyddom. Aethon ni ddim pellach na'r drws; doedden ni ddim am wthio'n ffordd drwy'r pererinion drewllyd. Roedden ni wedi dod o hyd i hapusrwydd; doedd dim angen mwy o ras arnom – ddim heddiw.

Daliodd rhywbeth fy llygaid wrth i mi droi i 'madael. Llygaid cyfarwydd oedden nhw. Llygaid a fu yn un o 'mreuddwydion, efallai?

Yr hen ŵr llwydwallt oedd e. Yr un oedd yn eistedd yn y dref. Yr hen ddyn fu'n gweiddi ar wrach Endor. Roedd ei lygaid yn treiddio drwydda i. Nid dim ond ei wallt oedd yn llwyd; llwyd oedd ei holl osgo hefyd, fel y wal gerrig y bu Mam yn ei hedmygu. Gyrrodd ias lawr fy asgwrn cefn.

Yn rhyfedd iawn roedd drych yn ei law yntau hefyd. Unwaith eto daeth Rhys i'm meddwl, yn gwbl ddirybudd, fel y tro blaen.

14

Dafydd

Ferch Efa! Mae hi'r un ffunud â'i mam. 'Goldwallt dan aur gwnsallt da'. Ei llygaid byw yn ddigon i ddrysu dyn. Ond rhaid i mi aros fy nghyfle cyn siarad â hi. Nid nawr yw'r amser i ddweud wrthi fod ei Mam wedi aros gyda mi yn fy meddwl yr holl flynyddoedd yna. Mae hi gyda mi yn fy ngherddi.

Welodd Efa mohonof yn y farchnad. Fe'i gwyliais hi. Roedd hi'n dalog a hapus – yn chwareus – nid fel yr Efa swil a thawel a gofiaf i. Esgorodd ei phrydferthwch ar gywydd ar ôl cywydd. Hi oedd fy ngwir gariad.

> 'Chwaer yw hon, lon oleuloer
> Undad a'r lleuad, i'r lloer;
> A nith i des ysblennydd,
> A'i mam oedd wawr ddinam ddydd.'

Dyma fi ar fy mhererindod olaf. Ffynhonnau sanctaidd, grog aur. Defosiwn yw fy mywyd nawr, nid geiriau. Credaf yn hyn. Rwy'n ymbaratoi. Does wybod pryd y daw'r diwedd. Ein hysgubo'n dawel, anochel, i drwmgwsg. Dyna sydd ar ôl. Bod mor agos ag y gallaf at y Duwdod ar y ddaear wrth weld Crist ar Ei groes.

Mae degau o ganhwyllau'n llosgi o boptu'r grog aur. Fflamau bach yn llyfu düwch y nos. Yn euro'r Crist. Mae popeth arall yn dywyll, ac ehangder yr eglwys yn orthrymus o'm cwmpas. Popeth yn dywyll ond am hwn, fy nrych. Drych a gefais gan Angharad.

Rhaid i mi wagio'r meddwl o'r atgofion. Rhwystr ydynt. Rhaid cael gwared ar y cariadon, anghofio'r gwleddoedd a'r noddwyr da. Angharad yng Nglyn Aeron, Nest wraig Ifor Hael, yng Ngwernyclepa . . .

Eu gwŷr oedd yn fy noddi, yn rhoi anrhegion i mi – yn fantell neu'n faneg – ond y gwragedd wnâi'n siŵr fy mod yn dychwelyd yno.

Dylwn daflu'r drych yma. Ddylwn i ddim edrych ar fy wyneb fy hun. Yn hen a llwyd. Ddylwn i ddim chwaith wisgo'r fantell liwgar yma o frethyn gorau'r

Gwyddel. Nid dyma wisg y pererin. A bellach nid yw
llygadu merched tlws yn orchwyl derbyniol. Ond roedd
hi mor debyg iddi. Yn ail i Efa.

Rhoddodd Angharad y drych i mi gan nad oedd am
ei gweld ei hun ynddo. Heneiddio y mae hithau hefyd.

Roeddwn yn agos at Angharad. Fe fu hi'n gyfeilles
dda.

Wrth gwrs, yn fy ieuenctid roeddwn wedi ceisio'i
chael hi, droeon. Ond roedd hi'n ffyddlon i'w gŵr, a
chwarddai ar fy ngwamalu. Trodd yr agosatrwydd yn
gyfeillgarwch.

Hi oedd yr unig wraig y byddwn yn siarad â hi, yn
trafod pethau. Roedd hynny'n beth braf, ac yn cadw'r
garwriaeth a allai fod mewn cornel fywiog yn fy
nychymyg.

'Mae merched tlws fel Nest wraig Ifor Hael yn ffodus
o farw'n ifanc o'r pla,' meddai Angharad wrthyf y tro
diwethaf hwnnw. 'Cyn bod y gwallt yn britho a'r croen
yn sychu a'r dannedd yn pydru. Fe gei di'r drych llaw
yma. Cer â fe. Mae e'n newydd sbon, o Ffrainc. Does
arna i ddim eisiau gweld y gwirionedd sy'n syllu'n ôl
ohono fe.'

Nid yw dyn yn dod ar draws drych yn aml. Gwelswn
ddarlun ar deilsen yn Ystrad-fflur o farchog dewr a
drych yn ei law, ac roeddwn wedi edrych ar 'y ngwallt
cyrliog melyn yn un o ddrychau Angharad pan oeddwn
yn iau.

'Dyna pam mae merched yn dod ata i mor rhwydd!'
dywedais wrthi bryd hynny. 'Dyna pam roedd Morfudd

mor awyddus i gael fy nghwmni. Am fod fy ngwallt mor fendigedig â'i gwallt hir a melyn hi!'

Ond doedd dim denu ar Angharad i fod. Fel y deallais o'i hateb swta: 'Wyt ti'n siŵr taw caru'ch gilydd ydych chi? Neu eich caru chi eich hunain? Mewn cariad â hi'i hun y mae Morfudd, a thithau â thi dy hun!'

Roedd hi'n fy neall i'r dim. Oedd, roedd syllu ar Morfudd fel syllu arnaf fi fy hun. Ac mae'r un peth yn wir nawr, ond bod y gwallt hir, melyn wedi troi'n llipa a llwyd i Morfudd a fi. Dydyn ni ddim am syllu mwyach. Ond mae Efa'n wahanol – yn parhau'n brydferth.

'Mae'r cyfan mor greulon.' Roedd Angharad yn mwytho'i thalcen fel petai ganddi gur yn ei phen. 'Er 'mod i'n gwybod mai dyma a fyddai'n digwydd, na fyddwn yn ifanc am byth, mae'r heneiddio yma wedi digwydd yn raddol bach, heb yn wybod i mi. A dyma fi heddiw yn methu dioddef fy ngweld fy hun mewn drych. Dim ond ddoe roeddwn o'i flaen am oriau – yn edmygu'r adlewyrchiad.'

'Allwn ni ddim gwadu'r ffaith ein bod yn heneiddio,' meddwn innau, a gafaelais yn y drych; ei gymryd oddi wrthi.

Gallwn weld fod fy amser bron ar ben. Dyna pam nad oedd merched mor hawdd eu cael bellach. Roedd y rhan orau ohonof – y mêl a ddenai'r gwenyn – wedi pydru. Ac fe es i hiraethu am fod yn ifanc. Teimlais yn ffŵl fy mod wedi hyd yn oed ystyried y byddai trefn naturiol bywyd yn garedig wrthyf i, yn mynd heibio at y truan nesaf. Roeddwn wedi osgoi'r pla fwy nag unwaith; efallai y byddai henaint yn gadael llonydd i mi hefyd. Ond ffodus fûm i, wrth gwrs: ffodus o beidio â bod mewn cwmwd neu dref yr un pryd â'r pla, gan ddal y blaen arno wrth groesi afonydd at y cwmwd nesaf. Ond fedr neb rhedeg i ffwrdd oddi wrth grebachau henaint.

Daeth fy ngeiriau o rywle. Englynion na fyddwn wedi dychmygu eu hadrodd o flaen Angharad, o bawb.

Llwyr y gwyr gwynwallt heddiw
Lletgynt am ei loywgynt liw.

Edrychodd Angharad yn syn arna i. Ofnai mai canu amdani hi oeddwn i. Es ymlaen, gan ddal y drych o flaen fy wyneb, fel nad oedd amheuaeth mai amdanaf fi fy hun yr oeddwn yn sôn. Fi a'm gwallt gwan, tenau.

Llwyr y'm gwaisg calon fraisg friw
Rhag mor llwyd hagr wyd heddiw!

'Paid â chanu'r geiriau yna yn y wledd heno, Dafydd. Clywed dy gerddi doniol fyddwn ni ei eisiau – dyna pam mae Ieuan yn dy noddi di.'

Ond eu canu wnes i'r noson honno, gerbron neuadd lawn nad oedd yn gwybod sut i ymateb.

Does dim rhaid i mi wrando ar fy noddwyr. Mae gen i ddigon o gyfoeth i beidio â chanu o gwbl. Canaf yr hyn a ddaw i'm meddwl. Yn enwedig nawr, a minnau'n hen.

'Fe gawn nhw fynd i'r llyfr llys, yr englynion yna.' Sylw Angharad ben bore wedyn. Efallai y gwyddai na

fuaswn yn cyrraedd yno drachefn. Bod yr englynion yn
atalanod llawn ar deithio o gwmpas tai fy noddwyr.

    '*Teithio o ffynnon i ffynnon ac o grog i grog sydd ar*
ôl i mi bellach.'

    Cusanais y rwbi ar ei hirfys.

    '*Am fynd ar bererindod wyt ti? I ofyn maddeuant fel*
dyn sy'n marw?' Roedd hi'n ceisio cuddio braw oedd yn
dangos ei bod yn gwadu'r gwirionedd o hyd. 'Cer â'r
drych – i gofio'r amseroedd da, pan oedden ni'n ifanc,
yn cael hwyl ac yn gwamalu. Pan oeddet ti am gusanu
mwy na 'mysedd. Rwyt ti'n ddyn da, Dafydd. Does dim
angen i ti gymodi ac ymbaratoi eto, nag oes?'

    '*Mae dyddiau nawdd wedi dod i ben. Rwy'n rhy hen;*
yn llwydwallt i gyd.'

15

Aethom ein dwy i chwilio am Tada. Roedd yn sefyll
mewn rhych ar y tir a oedd yn diffinio'i fodolaeth.
Doedd e ddim yn gweithio, dim ond sefyll a syllu.
Doedd dim angen perswâd arno o gwbl. Am unwaith,
roedd yn fodlon camu allan o'i rigol. Roedd y taeog yn
teimlo'n rhydd, diolch i'r pla.

    'Mae gen i rywbeth i dy fam,' dywedodd.

    Daeth â'r gist fach gedrwydd allan o'r tŷ yn ei
freichiau.

    'Caiff hon ddod 'nôl i'w chartref gwreiddiol.'

Ynddi roedd dillad wedi'u lapio'n dynn a'u gorchuddio â brymlys sych. Dillad glân di-bla.

'Bydd rhaid i ni losgi'n hen ddillad a gwisgo'r dillad glân,' dywedodd. 'Fe gei di ei chario hi, Nest.'

Casglodd yntau lond ei freichiau o goed tân a'n dilyn, ling di long, 'nôl i'r felin.

'Mae digon o ddillad yn y felin, Tada – llawer gwell na beth sydd yn y gist! Ac mae 'na boteli'n llawn olew a chasgenni o win coch.'

Welais i erioed llygaid Rhiannon yn edrych mor llawen. Ac roedd y noson honno'n un hapus hapus yng nghwmni'n gilydd o flaen tanllwyth mawr o dân, gan wledda ar ham Jean-Paul.

'Tada . . .' meddai Rhiannon, 'roedd Jean-Paul y cigydd eisiau priodi Mam!'

Edrychodd Mam a finnau ar ein gilydd yn sydyn, ond doedd dim eisiau poeni, roedd Tada'n chwyrnu'n braf a photel o win coch gwag wrth ei ymyl.

'Dewch!' sibrydodd Mam.

Roedd hi wedi tywyllu, ac aeth Mam, Rhiannon a finnau allan i syllu ar y sêr. Roedd hi'n noson glir glir a'r sglein yn loyw ar bob seren, fel y platiau aur ar allor.

Dangosodd Mam seren y gogledd, gan adrodd:

> 'Bendith ar enw'r Creawdwr
> A wnaeth saeroniaeth y sêr,
> Hyd nad oes dim oleuach
> Na'r seren gron burwen bach.'

'Wyt ti erioed wedi sylwi bod dy lygaid yn cynefino â'r tywyllwch, ac wrth wneud hynny'n gweld mwy a mwy o sêr? Un seren yn troi'n glwstwr. Arth Fawr ac Arth Fach yn rheolaidd yn yr anhrefn. Miloedd ar filoedd, mwy a mwy o sêr dirifedi, diddiwedd. Amhosib gwybod ble maen nhw'n diweddu.'

Yna aeth i'r felin i gasglu carthen gain a'i gosod o'n cwmpas ni'n tair fel mantell enfawr. Roedd yn gynnes braf. Roedd mwy ganddi i'w ddweud.

'Mae'n anodd cofio nawr, gefn gaeaf, ond meddyliwch am ddeffro ben bore ddechrau Mehefin a chlywed caniad mwyalchen neu sguthan. Mae adar eraill yn ymuno o ben draw'r goedwig nes eu bod yn un gybolfa fawr o sain. Mae ein clustiau'n drysu gan gynghanedd côr y wig, fel llygaid yn cael eu drysu gan y sêr.

'Nawr, meddyliwch am eiriau. Faint ohonyn nhw sydd? Maen nhw'n aneirif. Wrth wrando ar air yn unigol, mae'n gofyn am air arall yn bartner iddo. Wrth wrando ar sŵn geiriau a'u gosod mewn trefn, drysu wnawn ni gyda'r posibiliadau. Drysu gyda'r holl drydar, a drysu gyda'r holl sêr. Ond mae posib rhoi trefn ar yr holl eiriau. Dyma fraint y beirdd. Nid y beirdd sâl, y glêr yn y farchnad neu'r ffair, ond y beirdd sydd wedi cael clywed cyfrinach geiriau.'

Trodd i edrych ar Rhiannon.

'Ti'n gweld, Rhiannon, rwy'n caru geiriau. Mae gen i deimladau at eiriau fel atat ti, dy dad neu Lleu bach. Yn hytrach na'u galw'n sêr, mae'r pencerdd gorau'n eu galw'n *'ganhwyllau'r Gŵr biau'r byd'*. Nag wyt ti'n meddwl bod hynna'n dlws?'

'Pwy sydd biau'r geiriau i gyd, Mam? Y beirdd?' holodd Rhiannon.

'Ddim o gwbl; nid nhw sydd biau'r geiriau, ddim mwy na'r sêr neu'r adar. Mae cyfrinachau ganddyn nhw sy'n eu helpu i greu patrymau pert gyda geiriau, ond paid â drysu wrth wrando gormod arnynt – geiriau, sêr, adar. Rhaid i ti wybod pryd i beidio ag edrych, neu bydd y mwynhad yn diflannu.'

Dechreuodd ganu cerdd oedd yn ein suo i gysgu yn y crud.

> *'Canhwyllau'r Gŵr biau'r byd*
> *I'm hebrwng at em hoywbryd*
> *Bendith ar enw'r Creawdwr*
> *A wnaeth saeroniaeth y sêr.'*

Dyma oedd dechrau chwilfrydedd Rhiannon. Roedd hi nawr, fel fi, am wybod beth oedd cyfrinach y beirdd. Seren yw gair. Ond er ei phŵer a'i phrydferthwch, dyw hi'n dda i ddim yn wyneb pla.

Yn ein cartref newydd doedd dim byd gwell gennym na gwrando ar Mam gyda'r nos yn sefyll o flaen un o dapestrïau'r wal gerrig ac yn cyflwyno stori ar ôl stori, yn union fel tasen ni mewn neuadd. Roedd Tada'n gwrando hefyd ac wrth ei fodd. Doedd e ddim yn mynd i ofyn cwestiynau am sut a lle cafodd hi wybod amdanynt. Ar ôl byw drwy erchyllterau'r pla, doedd manylion fel hyn ddim yn bwysig mwyach.

Er ein hamgylchiadau newydd, roedd bywyd yn parhau'n gyffredin, yn galed a thlawd, ond byddai hanesion Mam yn hollol wahanol. Roedden nhw'n anghyffredin, yn feddal a chyfoethog. Os nad o'n ni'n cael dogn dyddiol byddai Rhiannon yn siŵr o'n hatgoffa o hynny. Roedd y peth yn gyffur rhag y gormes o'n cwmpas a'r teimladau duon yr oedden ni'n ymladd yn eu herbyn, heb sôn am y pla oedd yn dal i hofran fel barcud uwchben ei sglyfaeth.

Bu misoedd y gaeaf yn hir a llwm, a'r Garawys a'r Pasg yn teimlo fel oes i ffwrdd. Roedd eira'n drwch ym mhob man a lluwchfeydd yn creu waliau prydferth o gwmpas y felin. Ar ganghennau'r griafolen fawr roedd pwysau'r eira'n drwm ac yn edrych fel blodau gwyn mis Mai.

Roedd Tada'n dal i weithio'i hen ddarn o dir. 'Rhag ofn!' dywedodd. 'Rhag ofn i'r Ffrancwr ddod i hawlio'r hen felin yma'n ôl.' Sylweddolodd yn syth, wrth weld yr olwg ar wyneb Mam, ei fod wedi dweud y peth anghywir. *Hi* oedd yn hawlio'r hyn oedd yn perthyn iddi *hi*.

Roedd hi bron yn haerllug wrth fynnu perchnogaeth ar y lle nawr, a'i hyder newydd yn anodd byw gydag e o bryd i'w gilydd. Dechreuodd wisgo gŵn melfed coch a ddaethai â lliw iach i'w hwyneb prydferth. Gwisg gwraig Ffrengig oedd hi; daeth o hyd iddi mewn cist llawn dillad. Roedd y wisg yn cuddio chwydd ei bol yn gelfydd, fel ein bod ni bron ag anghofio bod Mam yn disgwyl. Ond buan yr ailymddangosodd yr hen ymddygiad hanner breuddwydiol, hanner gwallgof oedd yn ei nodweddu adeg geni. Roedd rhai pethau'n parhau heb newid dim.

'Dwi am fynd i 'mofyn mwy o fawn a choed tân. Gofalwch chi'ch dwy am eich mam.' Roedd Tada'n gwybod pryd oedd hi'n amser iddo fynd a gadael y merched gyda'i gilydd. 'Mae hi wedi dechrau mwydro, Nest. Rhiannon, wyt ti am ddod gyda fi?' gofynnodd wedyn.

'Na!' atebais drosti. 'Mae eisiau i Rhiannon aros – i ddysgu am bethau.'

Ymateb gwelw, yn fraw i gyd oedd ar wyneb Rhiannon.

'Paid â phoeni,' dywedais wrthi. 'Arhosa funud ac fe gei di glywed straeon a hanesion na chlywaist mo'u tebyg o'r blaen.'

Ro'n i bob amser wedi dychmygu y byddai gwragedd cyfoethog yn geni plant ar glustogau a melfed. Ond doedd Mam ddim eisiau moethusrwydd o'i chwmpas; roedd hi wedi arfer â symlrwydd wrth esgor. Aeth mor bell o'r tân ag y gallai yn yr ystafell fawr. Roedd hi'n chwilio am ei chornel cyfarwydd.

Ni fu'n rhaid i Rhiannon ddisgwyl yn hir. Dechreuodd Mam gofio'n ôl i gyfnod gwledd fawr yng Nglyn Aeron, cartref Ieuan Llwyd, noddwr Dafydd ap Gwilym. Roedd meddwl am y rhain i gyd yn ifanc a hardd mewn digonedd ac iechyd yn well na'r chwedlau am dwrch trwyth a chewri. Roedden nhw'n bobl o gig a gwaed, yn bobl go iawn yn byw'r freuddwyd. Roedden nhw'n gyfoethog a diwylliedig, yn llwyddo'n rhyfeddol i fyw bywyd Cymreig yn gyfochrog â phob elfen estron o'u cwmpas. Er gwaetha'r agwedd drahaus tuag at y Cymry, roedden nhw'n llwyddo i ddal eu pennau'n uchel ac i gynnal eu diwylliant cynhenid. Am y tro.

Roedd meddwl am bethau fel hyn yn llawer mwy cyffrous nag Arthur ar ei orsedd yng Ngelliwig. Yna, am ryw reswm, dechreuodd sôn am freuddwyd. Nid ei breuddwyd hi, ond breuddwyd Rhonabwy. Roedd hi'n stori ryfedd, a llygaid Rhiannon fel dwy seren wrth wrando.

'Roedd Rhonabwy'n chwilio am Iorwerth, Tywysog Powys.'

'Powys! Dyna lle 'dyn ni!'

'Syrthiodd Rhonabwy i gysgu a breuddwydio am Arthur ac Owain ac ro'n nhw'n chwarae gwyddbwyll. Does neb byth yn adrodd y stori yma; dim ond y breintiedig, pobl sy'n gallu darllen, fydd yn dod ar ei thraws. A nawr, chi!'

'Pwy ddarllenodd hi i ti? Pwy?' gofynnodd Rhiannon.

'Macwy ieuanc pengrych melyn llygatlas!'

Ateb annealladwy i Rhiannon, ond i mi roedd yn arwydd o ddau beth: na fydden ni'n cael llawer o synnwyr allan o Mam am dipyn, gan fod y cerddi'n dechrau dod, ac mai am Dafydd yr oedd hi'n sôn. Ef oedd y macwy â'r llygaid glas.

'Roeddwn yn hy,' meddai Mam, 'ond yn ddistaw ac yn gwrando ar bob gair. Byddai Dafydd yn siarad am ei freuddwydion o hyd ac o hyd. Roedd e'n dweud taw breuddwyd yw ein bywyd. Breuddwydion fel rhai Rhonabwy a Macsen.'

Ymdawelodd Mam, a throdd ei thanbeidrwydd yn farwydos am ennyd. Roedd angen ei hadfywio, fel y tân mawr yn y grât. Byddai Tada'n mynd 'nôl i'r hen gartref i gasglu dogn o danwydd yn aml. Sylwai neb ar ei fynd a dod. Fyddai neb yn holi pam roedd e'n gwneud hynny o hyd. Fyddai neb yn ei holi am weddill y teulu chwaith. Efallai eu bod yn cymryd ein bod ni oll mewn bedd calch a bod Nhad yn cysgodi rywle arall. Ond yn fwy tebygol oedd y ffaith nad oedd neb yn poeni am neb arall bryd hynny. Aros yn fyw oedd yn bwysig. Cael gafael ar fwyd ac osgoi drewdod cyrff yn pydru.

Clywson ni Tada'n dod 'nôl a chrensian ei draed ar yr eira'n drymach nag arfer – arwydd bod llwyth go dda ganddo. Ond doedd dim yr un rhythm rheolaidd ag arfer i'w gerddediad i lawr y lôn fach at y felin. Swniai fel petai'r llwyth oedd ganddo'n fwy anodd i'w gario. Wrth iddo agosáu, gallwn ei glywed yn canu'n dawel ac yn cysuro rhywbeth. Codais i fynd allan ato.

'Cadwa lygad arni, Rhiannon. Gad iddi orffwys nawr, dim gwthio eto,' dywedais, cyn gafael mewn siôl yn frysiog a mynd at Tada.

Chwipiai'r gwynt luwch i'm llygaid a disgynnai plu eira mân fel blawd drwy ridyll. Roedd hi'n amhosib gweld dim ac roedd hi'n gythreulig o oer. Daeth Tada i'm golwg yn raddol, ond roedd yn anodd ei weld yn iawn nes ei fod yn agos iawn ata i.

Dim coed tân na mawn oedd yn ei freichiau. Roedd yn cario rhywun dros ei ysgwydd ac yn ei gysuro â geiriau tawel. Doedd bosib bod Tada wedi tosturio wrth gardotyn sal? Roedd mwy o synnwyr ganddo na pheryglu ei deulu â mwy o salwch. Roedd bron â chyrraedd y felin pan welodd fi.

'Nest, dere!' Safodd yn ei unfan, a dwyn ei wynt ato. 'Dere gloi!'

Rhedais a gweld taw merch ifanc oedd ganddo. Roedd hi'n fferru, a'r plu eira'n disgleirio ar ei haeliau. Teflais y siôl drosti.

'Diolch, Nest,' meddai ei llais yn wan wan. Llais cyfarwydd.

'Gweirful!' Curodd fy nghalon guriadau o ddryswch. 'Beth ddigwyddodd? Wyt ti'n iawn? Wyt ti'n . . .'

'Ara deg, Nest,' dywedodd Tada. 'Gad i ni ei chael hi i'r felin. Gei di holi wedyn. Mae hi'n sythu.'

'Ond mae hi'n edrych mor wan. Lle mae hi 'di bod?'

Doedd dim atebion yn dod. Rhoddodd Tada hi ar lawr gan wneud arwydd imi godi ei thraed a'i choesau; cariodd yntau gweddill ei chorff.

'Nest! Nest!' Roedd Rhiannon yn rhedeg o'r felin a phanig yn ei llais.

'Aros funud, Rhiannon fach,' atebais. 'Edrycha, mae Gweirful wedi dod 'nôl, ond dydy hi ddim yn dda iawn. Paid â gwneud gormod o sŵn, nawr.'

Rhiannon druan, roedd rhywbeth mawr ganddi hithau i'w ddweud, a rhaid oedd iddo ddod allan:

'Nest! Tada! Mae'r babi wedi dod, a dwi ddim yn gwybod beth i'w wneud!'

Gan geisio swnio'n bwyllog dywedais, 'Dere 'ma, Rhiannon. Caria di Gweirful gyda Tada, ac af i at Mam.' Yn ofalus trosglwyddais ei choesau i Rhiannon ond roedd yr holl beth yn straffîg, ac wrth i mi wneud hynny fe syrthiodd fy siôl oddi ar Gweirful.

'Ond edrychwch arni!' Roedd Rhiannon yn llawn penbleth. 'Mae babi yn ei bol!'

Edrychodd Tada a finnau ar ein gilydd.

'Ond dydy hi heb briodi!' ychwanegodd.

Gorfodais fy hun i bwyllo fwy fyth. Byddwn i'n dod 'nôl at Gweirful. Mam yn gyntaf. Un peth ar y tro.

Merch fach oedd hi. Merch fach fach. Rhy fach i fod yn fabi i Efa.

'Dydi hi ddim am sugno. Mae rhywbeth o'i le. Daeth hi'n rhy gynnar ac yn rhy gyflym.'

'Fe ddaw, Mam fach. Rho funud iddi ddod ati'i hun.'

Ond gallwn weld bod anadlu'r un fach yma'n llafurus a'i bod yn cael trafferth bwydo.

'Beth oedd y miri tu fas, gynne fach?' gofynnodd Mam.

Ceisiais gadw'n ddigyffro, cyn datgelu'r hyn y byddai Mam yn ei weld ymhen ychydig eiliadau.

'Mae Tada wedi dod o hyd i Gweirful yn rhywle.'

'O, diolch byth. Bydd hi'n braf ei chael hi'n ôl.'

A minnau'n meddwl ei bod wedi anghofio amdani.

'Ond does dim golwg hanner da arni,' rhybuddiais.

'Efallai bod rhaid i mi golli un ferch er mwyn ennill un arall,' ac edrychodd yn llawn tristwch ar yr un fach yn ei breichiau.

'Mae mwy i'w ddweud, Mam...' Ond hanner gwrando arna i oedd hi.

'Efallai bod y babi'n oer. Mae'n oer yma; gobeithio fod dy dad wedi dod â mwy o goed tân.'

'Mae Gweirful wedi oeri drwyddi hefyd. Ac mae hi'n wan, Mam.'

Daeth Tada i mewn i'r ystafell wysg ei gefn.

'Nest, wnei di gymryd ei choesau eto? Mae hi'n rhy drwm i Rhiannon ei chario. Bydda i yna gyda ti nawr, Efa fach. Beth gest di?'

'Merch fach yw hi, Tada.'

Es draw i gymryd y baich oddi ar Rhiannon ac fe ruthrodd hi draw at Mam.

'Mam, Mam! Mae Gweirful yn disgwyl babi – ond dydy hi heb briodi!'

Er y sioc ar wyneb Mam, gallwn synhwyro nad oedd hi, o bawb, am basio barn ar gyflwr y ferch afradlon.

Cafodd Gweirful ei gosod yn dyner dyner ar y gist gysgu a'r clustogau yn gymylau o'i chwmpas. Roedd hi wedi llwyr ymlâdd.

'Des i o hyd iddi yn y gornel yn yr hen le, Efa.' Rhoddodd Tada ei law yn dyner o dan ben y babi bach newydd. Cusanodd ei thalcen ac yna dalcen Efa.

Roedd yr agosatrwydd yma wedi'r enedigaeth yn beth newydd rhwng y ddau ohonynt. Fi fyddai'n gwneud hyn fel arfer, tra bo Tada'n cadw'n glir am gyfnod. Roedd rhywbeth cyfrin o'u cwmpas fel eicon o'r Forwyn, Joseff a'r Iesu.

Fy lle i nawr oedd bod gyda Gweirful, ac eisteddodd Rhiannon a finnau'n fudan wrth ei hochr o flaen y tân. Gweirful dorrodd y gair cyntaf.

'Efallai y dylswn i fod wedi aros, ond roedd y pla yn esgus i adael.'

Mor nodweddiadol o Gweirful – cysgu dim, er bod blinder arni y tu hwnt i bob dirnadaeth.

'Felly roeddet ti'n gwybod dy fod yn disgwyl pan est ti?'

'Oeddwn, Nest. Dwi'n credu fy mod i hanner ffordd, ond dydw i ddim yn siŵr.'

Rhyfedd sut mae agwedd rhywun tuag at berson yn gallu newid mewn eiliad. Dyma'r tro cyntaf i mi glywed Gweirful yn ansicr o unrhyw beth. Y tro cyntaf i mi deimlo trueni drosti hi hefyd.

'Fedri di faddau i mi?' gofynnodd.

'Wrth gwrs,' atebais. Nid bod yn hunanol oedd hi pan adawodd y noson honno. Dyna o'n i'n ei gredu ar y pryd. I'r gwrthwyneb, roedd hi'n gwybod ei bod yn disgwyl ac y byddai hynny'n achosi trafferth mawr i'r teulu a'r pla ar ei anterth.

'Ro'n i am fynd i ffwrdd i rywle glân i gael y babi. Roedd e, y tad, yn fodlon gofalu amdanaf, ond doedden ni ddim yn gallu gwneud gyda'n gilydd.'

'Roesoch chi ddim llawer o gyfle i'ch gilydd!' dywedais.

'Na, Nest, mae'n gymhleth. Mae . . .'

Torrais ar ei thraws. 'Fe wnest yn iawn, Gweirful bach, nawr gorffwysa am y tro.'

Roedd Mam a Tada'n sgwrsio, a phryder tawel yn eu lleisiau. Ceisiodd Mam gosi traed ei baban newydd i'w hannog i fwydo. Cododd Tada ar ei draed heb na gwg na gair croes ganddo i Rhiannon.

'Mae angen cadw'r llwybrau'n glir,' oedd ei eiriau wrth fynd allan.

Doedd dim sôn ei fod am ofyn i Gweirful pwy oedd tad ei phlentyn. Ro'n innau'n ysu am gael gwybod.

Ond ni ddeuai atebion gan Gweirful y funud honno; roedd ei llygaid yn bell. Roedd rhywbeth arall yn ei phoeni. Yn raddol, llithrodd i drwmgwsg, a'i chorff blinedig yn llwyr fwynhau moethusrwydd na theimlodd mo'i debyg erioed.

Ro'n i'n teimlo'n euog am ei chamfarnu, ac am yr holl ddicter o'n i wedi'i deimlo tuag ati ers iddi fynd. Dioddef yn dawel roedd hi wedi'i wneud ar hyd yr adeg.

Daeth cri wanllyd o'r gornel.

'Nest, dwi ddim yn siŵr am hon. Dwi'n meddwl bod angen ei bedyddio hi cyn gynted ag y gallwn ni.'

16

'Uwch glastir, wych eglwysty,
Hodni, a'i fraint hyd nef fry; . . .'

Ac felly yr aethpwyd â hi – yn fwndel newydd-anedig, newydd i'r byd ac ar fin ei adael. A mantell Gymreig yn ein mwytho ni'n dwy, cychwynnais yn betrusgar am y priordy. Roedd y pluo wedi gostegu ond yr eira'n drwch a'r niwl yn disgyn. Rhoddais gwfl y fantell dros fy mhen.

Roedd Tada wrthi'n rhofio'r lluwch oedd yn prysur guddio'r llwybr a arweiniai lawr at y felin. Doedd dim posib gweld olion ei draed a wnaed prin hanner awr ynghynt. Siaradai i rythm y gwaith. Y rhaw yn curo'r ddaear. Swniai fel cerdd.

'Cer â hi ar frys, Nest, a chwilia am rywun i'w bedyddio hi yn y priordy. Paid sôn am y pla fu yn ein teulu. Dywed mai babi mis ydyw; wedi methu bwydo ac yn llwgu'n raddol.'

Feddyliais i ddim o'r blaen, ond oedd hi'n bosib cael eich geni gyda'r pla?

'Fydd yna rywun yno yr adeg hon o'r nos?'

'Mae'r mynachod yn gweddïo bob awr; gofynna i un ohonyn nhw.'

Ond doeddwn i ddim yn hoffi'r mynachod. Roedd eu tawelwch a'u gwisg yn llwydni diflas. Doedd dim posib cyrraedd atynt gan eu bod hanner ffordd i baradwys ar y ddaear hon yn barod, a phawb arall yn camu camau ceiliog – un ymlaen a dwy yn ôl.

'Gad dy ragfarnau tu allan i'r drws mawr; cer heibio i Gapel Ceridwen a cheisia'r grog aur. Bydd rhywun yn siŵr o fod yno. Mae golau'n dod o'r ffenestri bob amser. Fe edrycha i ar ôl dy fam a Rhiannon.'

'A Gweirful,' ychwanegais.

Nodiodd yntau ei ben. Edrychai'n llawer hŷn na'i oed ac ôl gwaith rhy galed ar rychau ei dalcen.

'Cerdda heibio'r grog; gad i'w llaw fach gyffwrdd â'r aur cyn ei marw.

'Enaid y gwir oleuni
Santaidd Fab, santeiddia fi.'

'Tada, ers pryd wyt ti'n gwybod geiriau fel 'na?'

'Geiriau fel rhai dy fam?' Gwenodd Tada arnaf. 'Dwi ddim mor ddi-ddim ag wyt ti'n feddwl, Nest. Gad i chwys y Crist croeshoeliedig fod yn dyst i waith caled ei thad. Fe ddioddefodd drosof fi. Mae'n dioddef drosti hithau hefyd. Efallai y gwnaiff Ei ddagrau roi nerth iddi.'

Nid y dyn syml yr oeddwn i'n ei adnabod oedd yn siarad. A oedd y closio at Mam yn ddiweddar wedi deffro dyfnder ei gymeriad? Â'r rhofio'n gostegu, sibrydodd:

'Dau ddafn o'r dioddefaint,
Dagrau Hwn a'm dwg o'r haint.'

Daeth cri o'r bwndel. Nawfed plentyn fy rhieni. Gwyddwn y gwahaniaeth rhwng crio iach a gwich baban na fyddai byw tan y wawr. Ganwyd hi hanner awr yn ôl, o leiaf; doedd dim amser i'w golli. Rhaid ei bedyddio cyn iddi farw, neu byddai ei thaith i'r nefoedd yn droellog. O'i bedyddio, byddai Pedr yn aros amdani ger gatiau'r nefoedd.

Clywais am eneidiau babanod fu farw cyn eu bedyddio yn cael eu cipio gan y tylwyth teg gan nad oedd croeso iddynt yn y nefoedd. Clywais hefyd am fabanod bach prydferth yn cael eu cyfnewid am rai hyll y tylwyth teg. Cododd rhuad gwynt a lluwch didrugaredd. Aethom ein dwy o'r felin a chroesi'r Honddu, gan frasgamu i fyny rhiw'r priordy ac at yr eglwys o garreg a oedd wedi'i chysegru i Sant Ioan.

Daliwyd f'anadl gan yr olygfa.

Roedd Tada'n iawn; er ei bod ddyfnder nos ar noson oeraf y gaeaf hwnnw, roedd golau'n amlwg yn y ffenestri, gan awgrymu fod bywyd yno yn y nos. Â theimladau cymysg o gysur a braw, agorais y drws derw enfawr a gweld tarddiad y golau – canhwyllau dirifedi yn goleuo'r grog aur.

Safai'r grog â'r seintiau ar y groglofft enfawr yng nghanol yr eglwys. Oddi tanynt roedd sgrin gerfiedig a grisiau yn croesawu'r pererinion i esgyn i fyny ato.

> *Crupuliaid a deiliaid, o'u dwyn*
> *A wnâi'n wych, yno'n achwyn*
> *Awn bob yn ddau, od ŷm euog,*
> *I gael gras ddyw Gŵyl y Grog.*

Euogrwydd – dyna'r broblem. Pawb â'i faich, pawb â'i euogrwydd, ac roedd pererindod i'r grog yn y priordy hwn yn ei ddileu. Cusan i'r grog aur, llaswyr o weddïau a byddai gwyrth yn digwydd. Byddai crupuliaid yn cerdded a deillion yn gweld. Clywais am y peth yn digwydd. Diolch byth na ddaeth Rhiannon gyda mi. Mae'n amhosib perswadio rhai eu bod ym mhresenoldeb y Duwdod a byddai angen cryn berswâd ar Rhiannon i ddod at y grog aur ar ôl y braw a gafodd hi yma.

Roedd pererinion yn llenwi'r lle. Roedden nhw yma o hyd. Wedi cael eu dal yn yr eira ac wedi ymgartrefu. Gallwn glywed sŵn cusanu'r grog a gweddïau'r llaswyr yn cael eu sibrwd rhibidirês, eto ac eto. Hyd yn oed nawr, yng nghanol y nos. Oherwydd ni wyddoch yr amser na'r awr . . . y byw mewn ofn marwolaeth. Pawb yn dilyn defodau i ymbaratoi.

A beth am hon, y bwndel bach? Tosturiwn wrthi am gael ei geni i'r fath fyd, ond roeddwn yn cenfigennu wrthi hefyd, am fod mor anwybodus o hynny, fel pob baban bach. Fyddai hi ddim callach petai'n derbyn y sacrament ai peidio. Eto, y peth lleiaf y gallwn ei wneud oedd rhoi bedydd iddi – ei sacrament cyntaf – a'r olaf.

Daeth geiriau Tada yn ôl ataf. 'Ganwyd hon yn euog. Mae ei genedigaeth yn cynrychioli'i heuogrwydd. Ei chnawd yn flys a chwant. Rhaid ei bedyddio er mwyn ei haileni, a'i gwaredu o'r aflwydd a fagai yng nghroth ei mam. Ei bedyddio rhag y purdan am dragwyddoldeb. Ei bedyddio rhag ofn i'r tylwyth teg ei dwyn a'i chymryd i Lyn Cwm Llwch.'

Gwelais fod rhai yn cysgodi yng Nghapel Ceridwen, lle'r oedd allor yn creu llan fechan yng nghorff yr eglwys fawr. Erbyn hyn roeddwn yng nghanol yr adeilad, ac roedd hi'n anodd gweld yn iawn. Dim ond goleuo'r grog a wnâi'r canhwyllau, a siglai llusern yn araf uwch ei ben. Cerddais yn ofalus at y grisiau a oedd yn tywys pererinion at y groglofft, at Grist ar y groes. Pam mai braw ac nid cysur yr oeddwn yn ei deimlo? Prin yr oedd lle i droi ar y groglofft, a bron i mi droi 'nôl, gan fod cymaint yno'n eistedd ac yn sefyll, yn gweddïo ac yn cysgu.

'Tyrd yma, 'ngeneth i,' galwodd rhywun mewn Cymraeg gwahanol i f'un i, a cheisiodd ddal gafael ar fy mantell, gan chwerthin yn fasweddus. 'Tyrd i gwrdd â'r minstreliaid ar grwydr.' Dechreuodd rhywun arall chwarae gitâr yn dawel a lleddf. Dyma'r math o bobl byddai Mam wedi mwynhau eu cwmni gynt, meddyliais.

'Gadewch lonydd iddi.'

Daeth y llais o blith y pererinion. Roedd yn llais cyfarwydd.

'Dere atom ni – ferch Efa.'

Yr hen ddyn llwydwallt oedd yn siarad. Roeddwn wedi dod ar ei draws ddwywaith nawr. Gallwn ddweud wrth ei ddillad ei fod yn uwch ei statws mewn cymdeithas na fi. Gwisgai fantell werdd a phorffor o frethyn da; brethyn Gwyddelig, feddyliwn i. Dyn rhydd, dysgedig. Roedd Mam yn dweud bod beirdd weithiau'n ennill mantell fel gwobr gan eu noddwyr.

Wrth ddal ei lygaid y tro hwn, ro'n i'n gwybod nad oedd troi 'nôl i fod, a gwthiais fy hun heibio'r minstreliaid oedd yno i gysgodi rhag y tywydd gerwin.

'Paid ag ofni.'

Llygaid direidus, glas tywyll a deniadol oedd ganddo, er gwaetha'r osgo o henaint. Edrychais i ffwrdd yn syth. Nid dyma'r lle i lygadu neb. Eto, denwyd fy llygaid yn ôl ato.

'Eistedda.'

Gwnaeth arwydd i mi eistedd wrth ei ymyl, a 'dwn i ddim pam, ond dyna wnes i. Pam gofyn i mi ymuno ag ef? Doedd neb wedi gofyn y fath beth i mi o'r blaen. Yr hyn oedd yn rhyfedd oedd ei fod yn fy nghyfarch fel hen ffrind. Fel petai'n f'adnabod yn iawn.

'Mae fflamau'r canhwyllau yn chwarae gyda lliw dy wallt. Anodd dweud ai golau neu dywyll wyt ti. Dere'n nes i mi gael gweld.'

'Gwallt golau sydd gen i,' meddwn, gan dynnu'r cwfl.

'Aur?'

'Bron yn aur.' Gwgais arno, yn methu deall trywydd ei sgwrs.

'Llen euraid deniadol . . .' dywedodd wedyn, gan ddal drych o flaen ei wyneb a chwerthin yn drist.

'Pwy ydych chi? Pam ydych chi'n siarad mor rhyfedd â morwyn ifanc? Efallai'ch bod chi'n f'adnabod i, ond does gen i ddim syniad pwy ydych chi.'

Ro'n i'n synnu 'mod i'n ddigon dewr i siarad fel hyn gyda dyn rhydd. Ond roedd pethau ar fy meddwl, a dim amser gennyf i fân sgwrsio am liw fy ngwallt gyda dieithryn. Eto i gyd, roedd swyn o'i gwmpas, ynghylch y ffordd y disgrifiodd fy ngwallt, ac y daliodd fy llygaid yn ei bŵer.

'Ond mi rydw i'n d'adnabod,' meddai. 'Yn adnabod dy achau.'

Roedd fy nwylo'n oer a chwyslyd. Teimlai fy ngheg yn sych sych.

'Dy blentyn di?' gofynnodd wedyn.

'Nage, fy chwaer fach. Mae'n rhaid i mi gael gafael ar y prior neu ar un o'r Brodyr i'w bedyddio cyn iddi farw; does dim gobaith iddi.' Roedd fy anadlu'n fas a chyflym. 'Mae'n rhaid i finnau fynd hefyd – a chithau, cyn i'r pla afael ynom i gyd.'

'Y fam neu'r baban,' meddai'n ddwys. 'Yn aml bydd y naill yn marw i'r llall gael byw . . . Fe gefais i fy hun fy medyddio uwch arch fy mam.'

'Rhaid eich bod yn ddyn o dras, os cafodd ei chladdu mewn arch!'

'Ardudful oedd ei henw,' dywedodd mewn llais pell. 'Ydw i wedi dweud hynny wrthyt ti o'r blaen, ferch dlos?'

'Naddo, syr.'

Gallwn weld ei fod yntau wedi bod yn hardd unwaith. Nid yn yr un ffordd â marchog tywyll fel Richard de la Bere. Harddwch uchelwr oedd i hwn. Roedd esgyrn da i'w wyneb ac osgo naturiol fonheddig a chain o'i gwmpas. Talcen uchel, trwyn deallus, llygaid mawr gonest, ceg hael a gên gref. Roedd hyd yn oed rhai o'i ddannedd ganddo o hyd. Dyma ddyn oedd wedi cadw'i wallt – digonedd ohono, yn gyrliog a llac, er yn llwyd. Roedd ymffrost yn y ffordd y cyffyrddai ag ef drwy'r amser hefyd. Fel petai'n falch ohono, er ei fod yn llawer rhy hen i feddwl yn y fath fodd, a'i wallt yn ddigon tila bellach. Tawodd y ddau ohonom wrth glywed llafarganu lleddf y Brodyr. Yn dawel a deddfol, ymddangosodd pum mynach y priordy. Wedi cael ychydig oriau o gwsg, cerddent i lawr y grisiau o'r dortur i'r eglwys gan basio pob allor fach ar eu gorymdaith. Daeth cri o fy mreichiau. Rhyfeddais fod hon yn dal i frwydro byw.

'Mae'n ddau o'r gloch y bore – y gwasanaeth plygain – byddwch ddistaw!' sibrydodd un o'r pererinion yn gas wrthyf i a'm cyfaill newydd.

Ond allwn i ddim llai na holi fy hun a oedden nhw, y Brodyr, fel finnau, yn teimlo mai diystyr oedd pob plygain y dyddiau hyn; pob *nones* a gosber yn eiriau gwag na ddeuai â'n hanwyliaid yn ôl. A phan fyddai'r Garawys yn cyrraedd, a fydden nhw eleni yn gweld gwerth mewn ymprydio os nad oedd sicrwydd o gyrraedd gorfoledd y Pasg? Oedden nhw'n teimlo'u meidroldeb yn gryfach y dyddiau hyn, fel pawb arall? Roedd y meddyliau fel pry yn fy mhen, yn swnian ac yn fy mhoeni.

Er yr amheuaeth, es draw at y grog a'i gyffwrdd, cyn cyffwrdd pen y babi. Ac roedd e'n fy nilyn, gan gerdded yn agos ataf.

'Weli di'r Brawd ar y blaen? Bardd wedi methu yw

e!' Roedd y chwerthin wrth f'ymyl ychydig yn uwch nag y dylai fod. 'Rwy newydd ddod â llawysgrif iddo – un Gymraeg o Ystrad-fflur.'

Ro'n i wedi gweld y Brodyr yn darllen llawysgrifau. Bydden ni blant yn sbecian arnyn nhw'n bwyta yn y ffreutur, tra bod un ohonynt yn sefyll ac yn darllen o'r Ysgrythur yn Lladin, neu'n darllen llawysgrif yn Ffrangeg neu Saesneg, a nawr, Cymraeg. Aeth fy nghyfaill yn ei flaen a gwnaeth arwydd i mi fynd at y grisiau yr ochr arall i'r groglofft.

'Ro'n i'n ei adnabod pan oedd yn nofis yno, yn Ystrad-fflur,' eglurodd.

'Ro'n i'n gwybod bod y Brawd yn siarad Cymraeg ond doeddwn i ddim yn gwybod bod llawysgrifau Cymraeg ar gael. Pa fath o lawysgrif yw hi?' gofynnais.

'Rwyt ti'n gyfarwydd â llawysgrifau? Rwyt ti'n dweud y gair yn rhwydd, nid fel tlotyn di-dras.'

Ai dyna oedd e'n meddwl oeddwn i? Dyna fy ngosod yn fy lle. Doedd hi ddim yn deimlad braf. Gallai weld drwy 'nillad benthyg.

'*Ymborth yr Enaid* yw enw'r llawysgrif,' meddai'r gŵr wrth fy nilyn i lawr y grisiau. 'Ychydig o ganllawiau i nofisiaid ar sut i fyw sydd ynddo fe. Maen nhw'n dweud taw yma, ym Mhriordy Sant Ioan, y cafodd ei hysgrifennu gyntaf, ond bod y copi hwnnw ar goll. Roedd y Brawd eisiau copi newydd er mwyn creu rhai eraill ei hun.'

Ystrad-fflur oedd un o hoff lefydd Mam. Byddai'n aml yn cyfeirio at y bwa carreg oedd yno; fel petai'r

Brodyr wedi llunio enfys o faen fel porth i'w habaty. Arhosais hanner ffordd lawr y grisiau a throi ato.

'Dwi wedi clywed am y beirdd sy'n hyfforddi yn Ystrad-fflur,' dywedais.

'Wyt ti? Glywaist di hefyd am y beirdd na lwyddodd? Am y beirdd sy'n gorfod ailfeddwl am eu gyrfa a dilyn bywyd o dlodi yn yr Eglwys yn lle bywyd fel pencerdd?'

'Do.'

Rhoddodd ei ddwylo bob ochr i 'mhen a'i droi i edrych ar y Brodyr, cyn sibrwd yn fy nghlust, 'Dyna i ti be ddigwyddodd i'r Brawd acw. Dwi'n ei gofio'n iawn, yn methu fel bardd. Druan ohono, roedd ganddo gryn dalent, ond doedd e ddim yn ddigon da. Dim ond y gorau sy'n llwyddo. Dyna pam ei fod yn chwerw tuag aton ni feirdd ac wrth ei fodd yn darllen llawysgrif fel hon. Mae e'n llawn cerydd aton ni hefyd, wyddost ti, am buteinio ein crefft.'

Roedd ei ddwylo'n oer ar ochr fy wyneb. Gallwn deimlo'i fysedd yn hir. Neidiais fymryn yn sgil ei gyffyrddiad, a thynnodd ei ddwylo'n ôl, fel petai'n sylweddoli nad oedd ei weithred yn addas. Dechreuodd chwerthin. Cofiais innau am Mam yn sôn am y Brawd hwn, ac am ei ddyddiau cynnar fel nofis yn Abaty Ystrad-fflur. Roedd hi'n llawn cyffro wrth ddweud yr hanes wrtha i:

'Fe gafodd ei addysg yn Ystrad-fflur ac mae e'n gobeithio mynd 'nôl yno ryw dro. Mae hiraeth arno am gael byw mewn cymdeithas gwbl Gymreig.'

Doedd dim syniad gan y Brawd, wrth gwrs, fod Mam mor wybodus am ddiwylliant ac addysg. Roedd e'n falch o'r cyfle i sgwrsio yn Gymraeg gyda ni'r trigolion y tu allan i furiau'r dref. Ond testun sbort oedd e i Mam. Roedd hi'n gwybod cymaint amdano, ac yntau mor ddiniwed.

'Dwi wedi clywed am ddynion fel hwn,' meddwn i. 'Dynion sydd wedi methu dysgu cyfrinachau'r beirdd ac sy'n gorfod copïo llawysgrifau dynion eraill yn lle creu eu gwaith eu hunain.'

Wrth feddwl am eiriau Mam, a meddwl am eiriau'r dyn dieithr yma oedd yn fy nghwrso, dechreuais amau fy mod yn gwybod pwy ydoedd, wedi'r cyfan. Trois fy mhen yn ôl i'w wynebu; roedd golwg gyffrous yn ei lygaid. A oedd yn darllen fy meddyliau?

'Fe gaiff y Brawd ddarllen y llawysgrif nawr, tra 'mod i'n meddwl am fy ngherddi am ferched tlws â gwallt hir melyn.' Cyffyrddodd yn fy ngwallt, a gwenu. Yna cusanodd yr un fach ar ei thalcen. 'Bydd Ymborth yr Enaid yn gymorth i atgyfnerthu'i ffydd – yr hen greadur musgrell.'

'Rhaid i mi fynd ato fe, bardd methedig neu beidio! Rhaid i mi fedyddio hon.'

Dechreuais gerdded yn gyflymach i lawr y grisiau, ond roedd ei draed yn dal i gyfateb i rythm fy nghamau i.

'Wyt ti'n f'adnabod i?' gofynnodd y tu cefn i mi; roedd ei lais yn uwch.

'Dwi'n credu fy mod i,' atebais, yn rhyfeddol o ddigynnwrf.

'Dafydd ydw i.' Arhosais. Rhaid oedd troi i'w wynebu drachefn. 'Wyt ti'n gwybod amdanaf?' gofynnodd.

'Welais i ti yn y farchnad,' dywedais, 'ond sylwodd Mam ddim arnat ti.' Roedd ei alw'n 'ti' yn dod yn naturiol. Ond dechreuais faglu dros fy ngeiriau, ac am ryw reswm teimlais fod yn rhaid i mi fy nghyfiawnhau fy hun. 'Ar y pryd, doeddwn i ddim yn gwybod . . .'

'Na. Doeddet ti ddim yn f'adnabod bryd hynny. Ond adnabyddais Efa, ac yna ti, yn syth.'

Roedd ei sgwrsio'n rhyfedd o gyfarwydd ac ro'n i'n teimlo fel petaem yn hen ffrindiau. Doeddwn i ddim yn teimlo braw ddim mwy. Fe roeswn i rywbeth am gael digon o amser i'w holi. Pam cwrdd nawr, fel hyn, a'r fechan dan fy mantell wlanen, fras, yn mynnu hawlio'r sylw?

'Pam wyt ti fan hyn gyda'r lladron ar bererindod? Pam nad wyt ti'n cysgu yn y dortur gyda'r mynachod?'

'Gwell gen i swatio ar y groglofft, dan y grog aur, ac aros am ferch ifanc dlos . . .' gwamalodd, yna edrychodd yn ddifrifol arnaf. 'Mae'r grog yn bwysig i mi; cenais gerdd i'r grog yng Nghaerfyrddin. Mae hi yn f'ysgrifen fy hun yn un o lawysgrifau Glyn Aeron.'

Eisiau i mi weld ei ddyfnder yr oedd e. Bron na fyddwn i wedi gallu gorffen ei frawddegau drosto.

Roedd llafarganu'r Brodyr yn agosáu, eu canu'n amrwd a blinedig.

'Druan â fe, mae ei genfigen tuag ataf cyn gryfed ag erioed.' Cyfeirio at y Brawd John yr oedd eto. 'Y bardd na welodd y llysoedd. Ond ni fyddai fyth wedi deall pam roedd y gynulleidfa mor hoff o 'ngherddi am natur a serch. Moliant sych fyddai ei ganu ef wedi bod. Yn ddiddychymyg tost ac yn dilyn hen fformiwla blinedig.'

Roedd mwy nag arlliw o goegni yn ei lais. Ond roedd y baban yn fy mreichiau wedi dechrau anesmwytho ac ysgogodd cri'r baban i mi ddweud, 'Cenfigen neu beidio, mae ganddo'r hawl i fedyddio hon. Rhaid i mi fynd ato.'

Roedd y Brawd yn union wrth f'ymyl.

'Wnewch chi fedyddio fy chwaer fach?'

Wn i ddim a oedd unrhyw un erioed wedi torri ar draws llafarganu'r Brodyr fel hyn. Deallodd f'argyfwng yn syth. Bedyddio baban newydd cyn i'r grymoedd du gael gafael arni. Roedd yr hawl i wneud hyn gan y Brodyr, gyda'r prior, mae'n amlwg, yn ei fedd calch.

'Tyrd â'r fechan at Garreg Gresed.'

Gadawodd y llafarganu a gwnaeth arwydd i mi ddod draw at y fedyddfan. Roedd brys yn yr awel. Brysiai pawb i wneud popeth. Roedd ei lais a'i ymarweddiad yn frysiog. Cerddais gam neu ddau y tu ôl iddo a'i ddilyn ar draws yr eglwys.

'Yr enw?'

Meddyliais fod y Brawd yn gofyn am f'enw i, a dywedais, 'Nest.'

Ond gofyn am enw'r babi oedd y Brawd. Do'n i ddim yn canolbwyntio. Roedd llais Dafydd yn dal o fewn clyw; roedd yn parhau â'i fytheirio, a chlywais ef yn dweud:

'Dyma ei gyfle i wneud iawn gyda Duw am ei feddyliau du.'

'Agnes?' gofynnodd y Brawd. Roedd yntau wedi camglywed, ond cyn imi wybod beth oedd yn digwydd gwnaeth arwydd y groes ar y talcen bach a bedyddio'r fechan.

'Agnes – Oen Duw. Aberth Duw. Enw addas. Enw addas i ymgnawdoliad o ddiniweidrwydd na all ymladd yn erbyn yr angau sy'n ei haros.'

Gwenodd y mynach yn garedig arnaf. Ond y cyfan a deimlwn i oedd ysfa i ffoi oddi wrth ei garedigrwydd. Druan ohono, ro'n i'n gwybod y cyfan amdano. Ni theimlwn fod diffuantrwydd yn perthyn iddo mwyach. A fyddai mor barod ei gymwynas petai'n gwybod hynny? Cyflwynodd y baban bach yn ôl i mi.

'Gwnest y peth iawn er mwyn ei henaid hi. A beth am dy enaid di? Wyt ti'n barod i wynebu dy Greawdwr fel pawb arall yn y fwrdeistref hon? Fyddi di'n mynd ar bererindod?'

Atebais i ddim, dim ond rhythu i fyw ei lygaid a sefyll yn stond fel y celanedd oedd o'n cwmpas ymhob man. Roedd bwlch rhyngom, bwlch enfawr. Doedd dim posib bod y dyn yma'n fy nghyhwys yn nes at Dduw. Ro'n i'n teimlo fel dweud wrtho, 'Mi wn i beth sy'n mynd trwy dy feddwl di – nad ydy dy enaid di'n barod, heb sôn am f'un i!' Ac fel petai'n gallu darllen fy meddwl innau hefyd, dywedodd:

'Efallai y maddeuwyd dy bechodau, ond bydd y drosedd yn aros hyd nes yr ei di ar bererindod. Dyna pryd y cei wir faddeuant. Ond gofala gyda phwy y byddi'n teithio; mae llawer o ladron yn cymryd mantais wrth esgus eu bod ar bererindod.' Oedodd wedyn, cyn ychwanegu, 'A phobl gyfoethog sy'n llawn pechod, yn chwilio am ferched diniwed. Gofala di, fy merch!'

Gwnaeth arwydd y groes ar fy mhen cyn ailymuno â dathliad dyddiol, plygeiniol y bore bach. Byddai'n darllen 'Ymborth yr Enaid', siŵr o fod, tan wasanaeth *prim* chwech y bore. Oedd e'n teimlo fel barnwr a dyfarnwr yn gwarchod Agnes fach rhag tân uffern? A fyddai'n gallu ymatal rhag y teimladau o ymffrost o fod wedi cyflwyno gras Duw iddi?

Trois i weld beth oedd ymateb Dafydd i hyn oll ond doedd dim sôn amdano; roedd wedi mynd yn ôl at y grog.

17

Gwingodd Agnes.

Er y gwyddwn mai mynd â hi adref y dylwn ei wneud nawr, teimlwn fy hun yn cael fy nenu'n ôl at Dafydd. Roedd e'n hen – yn ddeugain oed o leiaf, os nad yn hŷn. Eto, gallwn weld ei fod wedi bod yn olygus. Roedd hi'n hawdd dychmygu y byddai ei wallt

melyn wedi bod yn gawod aur tebyg i'm gwallt i.
Doedd ein sgwrsio ddim ar ben, a'r trafod difyr
hwnnw'n anad dim a'm denodd yn ôl ato.

Enaid y gwir oleuni,
Santaidd Fab, santeiddia fi;
Corff y Mab rhad sy gadarn,
Cadwed fi, Ceidwad y Farn.

Byddai Mam yn canu hyn yn dawel i bob baban
newydd. Sibrydais y geiriau yng nghlust Agnes wrth
ddringo grisiau'r groglofft unwaith eto, gan
gyfiawnhau hynny gyda'r bwriad o roi'i llaw fach ar aur
y groes.

Cyfrais nifer o bererinion yn cysgu o dan y grog yn
yr oriel. Yn fwndeli crwm fel y baban yn fy mreichiau,
closient at ei gilydd yn eu trueni. Ni allai'r Brodyr eu
troi allan ar noson fel hon. Edrychai'r Crist a'i osgordd
i lawr arnynt beunydd beunos.

Pobl gyffredin a gerddai filltiroedd i weld a
chyffwrdd y grog oedden nhw. Gobeithient am wyrth i
wella pob math o aflwydd. Na, nid gobeithio ond
hyderu, oherwydd roedd gwyrthiau yn digwydd.
Clywsant amdanynt, gwelsant y peth. Roeddynt wedi
bod i'r Gaer a Gwenffrewi, a nawr y priordy ger yr
Honddu lle'r oedd y llety'n rhad, fan hyn, wrth droed y
Duwdod. Roedd y pla wedi cyffwrdd pob un ohonynt
mewn rhyw ffordd, a'u pererindod yn ddihangfa
rhagddo. Er na fyddai neb yn cyfaddef hynny.

Teimlais yn anniddig gyda'r bedydd oedd newydd gael ei gyflawni. Hwn oedd y sacrament cyntaf, i fod, ond daeth y teimlad yn ôl fy mod yn gweithredu pethau bydol er mwyn plesio pobl fydol. Yn wyneb y pla, pa sicrwydd oedd gen i fod gwerth i hyn oll? Ac wrth i mi geisio dyfalu faint o baderau fyddai angen eu hadrodd i faddau'r meddyliau a lenwai 'mhen, des i stop. Yno, uwch fy mhen, oedd yr euraid Grist.

'Paid edrych arno yn ei wyneb!' Roedd e yno'n aros amdanaf. 'Tyrd draw fan hyn i wrando. Mae'r Sais ar ddechrau; mae e'n ddifyr iawn.'

'Ond yma, o dan y grog aur? Beth am . . .?'

'Beth am Grist? Mae E'n gwrando hefyd – tyrd!'

Roedd ei siarad peryglus, beiddgar yn ddeniadol, a'r llygaid mor fyw ag erioed. Gwnaeth arwydd â'i law i mi ddod yn nes at y cwmni. Dechreuodd Agnes aflonyddu. Dim nawr, dim nawr, Agnes fach, gwranda gyda mi. A dyma lais meddw yn dechrau adrodd stori ryfeddol am y grog. Siaradai yn uchel a chras.

'Dwi ddim yn siŵr a ddylwn i aros,' sibrydais.

'Byddi'n iawn gyda fi; diddanwr crwydrol yw e, minstrel diwerth. Ymunodd â'r bererindod fel cosb am ddwyn oddi ar un o arglwyddi'r Mers.'

'Lleidr?'

'Lleidr y mae'n werth gwrando arno.'

Wedi taith hir ei bererindod, dyma gyrraedd y grog yng nghanol storm eira, a swatio am y noson. Gwyddai'r minstrel fod cynulleidfa barod ganddo yn eiddgar am ysgafnder ac yn flinedig yn eu pererindod.

Caeodd Dafydd ei lygaid i fwynhau'r geiriau Saesneg, a chau fy llygaid wnes innau hefyd. Er nad oeddwn yn deall pob gair, gallwn ddeall yn iawn bod rhythm, awdurdod ac angerdd yn y datganiad meddw. Soniodd am Grist ac am ryw freuddwyd cyn syrthio i drwmgwsg demonig ei gwrw. Gafaelodd Dafydd yn fy mraich, a'i wyneb yn llawn cyffro.

'Glywaist ti ei eiriau? Glywaist ti stori'r grog? Y freuddwyd?'

'Do, ond ddeallais i fawr ddim, dim ond bod cabledd yn ei eiriau meddw a bod angen pererindod arall arno cyn cael maddeuant,' atebais yn ddiamynedd. Ro'n i wedi disgwyl mwy o swyn o lawer.

'Does gen i ddim diddordeb yn ei ddiwinyddiaeth, dim ond yn ei gerdd. Roedd e'n sôn am y grog ei hun fel person yn breuddwydio breuddwyd y grog. *The Dream of the Rood.* Yn y freuddwyd mae'r grog ei hun yn teimlo'r fraint o gario Mab y Dyn ac o deimlo poen yr hoelion. Milwr dewr oedd ei Grist, wedi'i arfogi â phicellau tân.'

Crynais wrth i'r arswyd am y ddelw uwch fy mhen ddyfnhau. Doedd dim sôn am oen Duw. Roedd Agnes hithau yn gwbl lonydd.

Roedd mwydro Dafydd yn f'atgoffa o Mam.

'Glywaist ti'r dicter?' gofynnodd i mi wedyn. 'Lle mae'r Crist nawr? Pam na all ddanfon ei ddwyfol wyrth i chwythu'r pla o'r tir? Wyt ti'n deall?'

'Dwi'n deall rhyw fymryn o Saesneg, iaith prynu a gwerthu, ond dydw i ddim yn deall y cyfan yn iawn.'

'Wrth gwrs dy fod ti,' meddai Dafydd yn llawn cyffro. 'Celwydd yw hyn i gyd. Dwi'n dy nabod di, wedi dy weld a'th nabod o'r blaen.'

'Ond dydw i ddim . . .'

Torrodd ar fy nhraws. 'Ac fel un o'r tylwyth teg fe redaist i ffwrdd oddi wrthyf. Ond nawr fe ddest yn ôl, ac rwyt ti am wrando ar gerddi gyda fi unwaith eto. Felly, gofynnaf eto, glywaist ti'r geiriau?'

Oedd e'n dechrau drysu? Oedd e'n credu taw Mam oeddwn i? Rhyfeddais at y ffordd yr oedd yn siarad â fi, yn edrych i fyw fy llygaid. Yn mwydro am fy adnabod ac am y tylwyth teg. Clywais fy rhieni'n siarad am fy harddwch, ac yn dweud wrthyf am guddio fy ngwallt rhag denu dynion. Roedd hwn wedi fy ngweld ar ôl rhuthr gadael y tŷ yng nghanol nos, a'm cwrls melyn yn wyllt dros y lle, heb siôl i'w cuddio.

Ailadroddodd y gerdd ar ei hyd, yn dawel, dan ei wynt, yn union fel y byddai Mam yn ei wneud. Dechreuais deimlo'n anghyffforddus ac ar bigau'r drain eisiau gadael. Teimlwn fod Enaid y gwir oleuni yn gwbl absennol. Dim rhyfedd fod pobl yn chwilio amdano ar eu pererindod. Hoeliodd fi unwaith eto â'i lygaid.

'Hear, while I tell of the best of dreams, which came to me at midnight
    When humankind kept their beds.
    It seemed that I saw the Tree itself. Borne on the air, light wound round it,

Brightest of beams, all that beacon was.
Covered with gold, gems stood fair at its foot, and
five rubies. Set in a crux flashed from the
crosstree. Around angels of God. All gazed upon it.'

Roedd yn rhaid i mi dorri ar draws.

'Fe fydd raid i ti gyfieithu'r gerdd i mi. Nest ydw i.
Nid Efa.'

Siglodd ei ben fel hen ŵr oedd yn sylweddoli ei fod
wedi drysu am ychydig eiliadau, yna gyda'r llais
tyneraf, aralleiriodd y cyfan i mi yn Gymraeg.

Teimlais ofn a chynnwrf ar yr un pryd ac anghofiais
bopeth am y baban yn fy mreichiau. Roedd hi'n dawel
dawel. Efallai ei bod wedi marw. Gwyn ei byd os oedd
hi.

'Beth glywi di?' gofynnodd Dafydd a llawenydd yn
ei lais.

'Barddoniaeth?' atebais yn betrusgar.

'Wyt ti'n ei hoffi?' Ond nid oedd am aros i glywed
f'ymateb. 'Gwranda ar sut mae'r goeden ei hun yn
siarad.'

Cododd ei law a chyffwrdd gwaelod y grog o'i flaen
nes bron cyrraedd y traed aur. Sibrydai fel mai prin y
medrwn ei glywed.

'*Trawyd hoelion tywyll trwof fi: arnaf fi mae'r*
clwyfau. Dyna'r darn pwysig. Weli di beth mae'r bardd
wedi'i wneud? Creu pos sy'n ein drysu. Dim ond wedi i
ni ddyfalu mai safbwynt y pren ei hun sydd gennym
yma y gallwn ddeall y gerdd.'

'A gwerthfawrogi cyfrinach y bardd,' ychwanegais.

Fflachiodd ei lygaid. 'Lle dysgaist ti siarad fel'na?'

'Gan fy mam.' Roedd hyder yn fy llais nawr.

Daeth y dryswch yn ôl i'w blagio. 'Ond yr un fach dawel wyt ti, onid e? Wedi dod yn ôl ataf? Ai ti yw'r disgybl disglair gafodd hyfforddiant yn y dirgel? Ti *yw'r* un fach dawel.'

A yw'r hen yn gwybod rhywbeth sydd y tu hwnt i ni pan maen nhw'n drysu? Efallai fod eu dealltwriaeth yn ddyfnach, ar ryw lefel arall, fel mewn breuddwyd. Efallai taw dyna pam yr oedd e wedi gwirioni cymaint ar Freuddwyd y Grog.

A dywedais y peth cyntaf ddaeth i'm meddwl.

'Breuddwyd yw bywyd.'

Anghofiais am unrhyw swildod a theimladau o chwithdod. Roeddwn i wedi dechrau mwynhau'r drafodaeth. Trafodaeth gyda hen ddyn oedd yn od o gyfarwydd ac yn dechrau colli'i bwyll. Fe allwn i ddewis bod yn fi fy hun, neu fe allwn i fod yn Efa.

'Mae Mam yn dweud mai breuddwyd yw bywyd, ond hunllef yw'r freuddwyd yma. Hunllef yw'r pla.'

'Dy fam – merch y melinydd?' Roedd yn dod allan o'i ddryswch eto. 'Glywaist ti am freuddwyd Macsen?' Roedd fel petai'n fy ngosod ar brawf.

'Do, a breuddwyd Rhonabwy. Mae Macsen yn dod ar draws y ferch brydferthaf oll – ond dim ond yn ei freuddwydion. Wrth ddeffro, bydd y ferch brydferthaf yn diflannu, tan iddo freuddwydio amdani eto. Byddai Mam yn dweud y straeon am Macsen a Rhonabwy wrtha i, a byddwn i'n gobeithio bob nos y cawn freuddwydion yr un mor rhyfeddol â nhw.'

Gwrandawodd yn astud arnaf, wedi'i gyfareddu'n llwyr gan fy llif.

'Mi gefais i freuddwyd am ewig unwaith,' meddai Dafydd dan wenu. 'Mae breuddwydio'n rhan annatod o fywyd y bardd. Cariad a gollwyd gen i oedd hi. Enaid gwyllt, a rhydd.

> *Fel yr oeddwn, gwyddwn gêl,*
> *Yn dargwsg mewn lle dirgel,*
> *Gwelais ar glais dichlais Dydd*
> *Breuddwyd yn ael boreddydd.'*

Roedd adlewyrchiad clir ohonom yn aur y grog. Roedd yn syllu arnaf yn yr adlewyrchiad wrth f'ateb, ac yna'n troi'n ôl at ei wyneb ei hun. Astudiai ei hun, gan droi'i ben i bob cyfeiriad a rhedeg ei fysedd drwy'i wallt. Gwnaethai hyn oll wrth siarad â fi. Roedd ei ymddygiad rhyfedd yn goron ar noson ryfedd. Hen ŵr a baban newydd-anedig yn gwmni i mi. Estynnodd ei ddrych ata i ac er na ddylwn, syllais ar fy llun am hydoedd.

Syllodd a syllodd ar ei lun yn yr aur gan fwmian drosodd a throsodd:

> *'Llidiodd ynof cof cyfedliw – hoedran*
> *Yn edrych gwydr difriw;*
> *Llwyr y gwyr gwynwallt heddiw*
> *Lletgynt am ei loywgynt liw.'*

'Lle mae'r lleill?' gofynnais yn y diwedd.

'Y lleill?'

'Gweddill y criw ohonoch sy'n crwydro o lys i lys yn barddoni.'

'Na, ferch Efa, nid dyna rwy'n ei wneud ar y daith hon. Nid clera ydw i. Pererindod diwedd oes yw hon. Ymweld â ffynhonnau a chreiriau sanctaidd yr ydw i erbyn hyn, nid â noddwyr beirdd. Ymweld â'r grog yma hefyd, a'r grog yng Nghaerfyrddin, ar fy ffordd i Ystrad-fflur. Fe fyddaf yn gorffwys wedyn.'

Cofiais eiriau'r Brawd am y gwir faddeuant a ddaw i ran y pererinion. Doeddwn i ddim yn disgwyl i Dafydd godi fel y gwnaeth, a throi cefn, gan ymuno â'r mynachod wrth iddynt fynd i mewn i'r dortur. Cyn gadael, tynnodd fy mantell oddi amdanaf, a rhoi'i un yntau dros f'ysgwyddau yn ei lle.

'Ond yma, ger y grog aur ym Mhriordy Sant Ioan, cefais flas ar drafod geiriau unwaith yn rhagor. A chwmni geneth ifanc, dlos,' sibrydodd. Gafaelodd yn fy llaw a'i chusanu'n ysgafn ysgafn.

Teimlai'r brethyn fel y sidan gorau ar ôl cosi parhaus fy mantell i. Roedd fel coflaid moethus o'm cwmpas, yn fy hudo i gysgu yno ymhlith y pererinion o dan y grog aur.

Dafydd

Ond yma, ger y grog aur ym Mhriordy Sant Ioan, cefais flas ar drafod geiriau unwaith yn rhagor. A chwmni geneth ifanc, dlos . . .

Y tro diwethaf i mi wneud hynny yn y fwrdeistref hon, Efa oedd gyda mi.

Gwrandawodd arna i'n canu a gwasgodd ddail tyner Mai rhwng ei dwylo yn llannerch ir y goedwig. Hiraethais am ei chwmni. Gorweddasom, ac roeddwn yn falch o'r diwedd – am ennyd.

19

Rhaid fy mod wedi cysgu am dipyn go lew a bod gwres y fantell wedi gwneud lles i Agnes, achos hi a'm deffrodd, gyda chrio cryfach, yr aer yn llenwi'i hysgyfaint bach wrth i'w gwaedd hawlio bron ei mam. Rhuthrais o'r priordy i'r plu oer. Roedd hi ar wawrio a'r awyr goch yn rhybudd bod mwy o dywydd garw i ddod heddiw.

'Nest!'

Llais Rhys oedd yn galw. Rhys. Peth rhyfedd yw disgwyl a disgwyl i weld rhywun, ac yna'u gweld ar yr adeg fwyaf annisgwyl. Roedd yn rhedeg ar f'ôl.

Roedd yn falch o 'ngweld, a minnau o'i weld yntau.

'Rwyt ti'n fyw!' Roedd ei wên yn hyfryd, ond edrychai'n welw a blinedig. 'Lle wyt ti wedi bod, Rhys? Dwi wedi bod yn holi amdanat ti.'

'Dwi wedi bod yn cysgodi yng Nghapel Ceridwen ers i'r pla gyrraedd.'

Wrth gwrs, byddai'r Brodyr wedi caniatáu i grefftwyr y dref gael lloches yn eu capel eu hunain. Pwy a ŵyr pa ffafrau y bydden nhw'n eu talu'n ôl.

'Mae hi mor braf dy weld. Fuest di'n sâl a chael byw? Neu wnest ti osgoi'r pla, fel fi? A phwy yw hon? Un fach newydd?'

A'i gwestiynau yn rhibidirês afreolus, safai'n agos iawn ataf, yn chwilio amdanaf â'i lygaid. Ond roedd yna nerfusrwydd o'i gwmpas hefyd, fel petai'n ceisio cuddio rhywbeth oddi wrtha i.

'Mi fues i'n sâl iawn, ond rwy'n fyw, diolch byth. Chwaer fach i mi yw hon; roedd angen ei bedyddio. Ond rhaid i mi fynd, Rhys. Dwi ar frys.'

'Wyt ti am gerdded i ffwrdd eto? Beth petawn i'n gallu cynnig rhywbeth i ti . . .?'

'Dim nawr, Rhys, paid â gofyn i mi nawr . . .'

. . . i fynd ymhell o fan hyn, a chael gwaith mewn bwrdeistref arall lle na fyddai neb yn ein hadnabod. Dim nawr.

'Ti'n gwybod na fyddai dy deulu byth yn caniatáu i ni briodi.' Ond doedd Rhys ddim am ollwng gafael.

'Mae'r rhan fwyaf wedi marw. Gad i ni adael, 'te. Ti a fi. Gyda'r pla o'n cwmpas dyma'n cyfle i fynd. Bydd pawb yn credu'n bod ni wedi marw. Tyrd. Gawn ni ddechrau bywyd newydd ochrau Llanymddyfri, neu Henffordd. Dewis di pa ffordd yr awn ni!'

'Ond y babi, Agnes. Sut allwn ni, Rhys?'

'Ein babi ni, efallai? Beth ti'n ddweud, Nest – ti a fi?'

Cusanodd fi'n amrwd a diaddurn, a'r babi'n gwingo rhyngom ni. Tynnais fy hun o'i afael heb ddeall fy nheimladau'n iawn. Yn fy isymwybod ro'n i'n gwybod ei fod yn siarad synnwyr. Wedi'r cyfan, dyna oeddwn i eisiau – Rhys a'r bywyd a gynigiai i mi. Felly pam nad oeddwn yn fodlon gadael i mi fy hun ei gael?

'Na . . .'

'Difaru wnei di!'

Dicter oedd yn ei lais y tro hwn, a cholyn yn y geiriau.

'Cer di i ffwrdd, Rhys, dwi'n dda i ddim i ti! Does dim dyfodol i ni!' gwaeddais nerth esgyrn fy mhen wrth redeg oddi wrtho, a chymylau gwyn oer oer yn dod o'm ceg nes iddi deimlo'n grimp a sych. Rhedodd yntau ar fy ôl, yn crensian drwy'r lluwch, ond yn raddol, yn lle dod yn nes a'm dal, pylodd sŵn ei draed. Rhedais yr holl ffordd yn ôl i'r felin.

'Dyma ti, Mam – Agnes. Dyna yw ei henw, ac wn i ddim pam ond mae ei chri yn cryfhau. Mae'n chwilio am fwyd nawr.'

Sugnodd yn awchus wrth i Mam ddechrau canu iddi. Un o hen ganeuon y tylwyth teg oedd ganddi, oherwydd roedd Agnes wedi'i bedyddio nawr a châi neb ei dwyn. Herio'r bobl bach a wnâi.

'O'r glaswellt glân a'r rhedyn mân
Gyfeillion diddan, dewch.
'E ddarfu'r nawn – mae'r lloer yn llawn–
Y nos yn gyflawn gewch;'

Daeth fy ngwynt yn ôl ataf a dechreuais ymlacio yn sŵn diogel, cyfarwydd ei chanu. Roedd Gweirful yn dal i gysgu ar y gist, a Rhiannon yn swatio wrth ei hymyl.

'Lle mae Tada?'

'Mae e wedi cynnau tân yn y llofft. Gobeithio ei fod yn cysgu erbyn hyn; mae angen cwsg arnon ni i gyd,' atebodd Mam.

'Dwi wedi cynhyrfu gormod i gysgu,' dywedais wrthi, ar dân eisiau adrodd yr hanes. 'Gredi di fyth beth ddigwyddodd i fi heno. Edrycha ar hon.' Dangosais y fantell iddi.

'Mi sylwais arni'n syth. Lle gest ti hi? Mae hi'n fendigedig.' Edrychodd Mam arnaf yn llawn chwilfrydedd. 'Mae rhywbeth wedi digwydd i ti, heno. Dwi'n gallu dweud.'

Dechreuais sôn am y minstrel meddw a'i gerdd, ac am y bardd rhyfedd a fu'n siarad â mi. Dywedais wrthi gan chwilio am faddeuant, achos fe deimlwn, rywsut, fy mod wedi pechu, a Duw a'm gwaredo, roedd y grog yn fy llenwi â chymaint o ofn, doedd dim pader wedi dod yn agos ataf yr holl adeg yn y priordy. Fyddai maddeuant Mam yn ddigon, a hithau fan hyn yn ddarlun perffaith o'r Forwyn Fair?

'Sut wyt ti'n gwybod taw bardd oedd e, Nest?' gofynnodd Mam

'Geiriau oedd popeth iddo; roedd e'n chwarae gemau gyda geiriau.'

'Disgrifia'r bardd i mi.'

'Roedd e'n hen, yn sôn am gerddi, yn union fel wyt ti'n ei wneud, Mam, yn sibrwd cerddi dan ei wynt, fel wyt ti'n ei wneud.'

'Ond sut olwg oedd arno fe? Oedd e'n hardd?' Roedd y babi'n sugno'n dda erbyn hyn a Mam yn canolbwyntio ar y sgwrs.

'Dafydd oedd e, Mam, dwi'n sicr o hynny.'

Agorodd ei llygaid yn llydan llydan cyn dweud: 'Anrheg oddi wrth Ifor Hael oedd y fantell yna, siŵr o fod.'

A dyna ffordd Mam o ddweud ei bod hi'n gwybod hynny hefyd.

'Roedd e yn y farchnad y dydd o'r blaen, Mam, pan oedd yr hen wrach yna'n gas wrthyn ni.'

'Sylwais i ddim.'

'Ond roedd e wedi dy weld di – a d'adnabod; dyna ddywedodd e!'

'Oedd e wir? Dafydd yn fyw ac yn iach?' Siglodd ei phen gan edrych lawr ar Agnes. 'Dwi'n falch o hynny. Ond yn falchach dy fod ti wedi cwrdd ag e,' gwenodd.

'Yn fyw, ydy, ond doedd dim golwg iach arno. Mae e ar bererindod.'

Roedd tawelwch o gwmpas Mam. Roeddwn i wedi

disgwyl y byddai hi wedi cyffroi i gyd o glywed hyn, ond roedd hi'n mor rhesymol ac addfwyn, rywsut. Ai fi oedd yr un oedd yn dechrau colli 'mhwyll nawr?

'Wyt ti'n deall bellach beth oedd yn fy nenu ato fe? Ond roedd hynny amser maith yn ôl . . . Mae mwy, Nest, on'd oes? Dwed wrtha i beth sydd ar dy feddwl.'

Roedd hi'n gallu gweld bod mwy gen i i'w ddweud, nad dim ond y cyfarfyddiad yma â Dafydd oedd wedi digwydd i mi. Soniais wrthi am Rhys, am y cynnig a'r gwrthod. Doedd fy nagrau ddim ymhell. Edrychodd Mam yn gariadus arna i.

'Nest fach, rwyt ti wedi blino'n lân. Rho bwniad bach i dy dad i ddweud wrtho fy mod yn teimlo'n well a bod y baban, Agnes fach, yn fyw. Wedyn cer i orffwyso, 'mechan i.'

Roeddwn yn ddiolchgar iddi am beidio fy ngalw'n ffŵl.

Dringais y grisiau cerrig oedd yn troelli y tu cefn i'r simdde, at y llofft lle'r oedd Tada'n gorwedd. Es draw ato, i'w ddeffro fel y gofynnodd Mam i mi ei wneud. Pan roddais bwniad iddo, teimlai ei law'n oer oer.

'Tada?' sibrydais.

Gallwn weld yn syth nad oedd e'n cysgu – roedd Tada wedi marw o flaen marwydos y tân.

20

Dafydd

Nid oeddwn yn gwybod ei henw ar y dechrau; credwn am amser ei bod yn un o'r tylwyth teg. Ond Efa yw ei henw, Efa y ferch gyntaf un.

Dyw'r tylwyth teg ddim yn datgelu eu henwau wrth neb. Maen nhw'n credu bod rhannu enw yn gyfystyr â rhannu enaid a cholli awdurdod. Wrth ei gadw'n guddiedig cyhyd, creodd Efa swigen o hud a lledrith o'i chwmpas. Un na allwn ei dreiddio.

Dychmygais y daethai'r dylwythen hon o'r ogofâu ym mynyddoedd y Bannau lle mae'r tylwyth teg yn byw. Yno byddai ei theulu yn aros amdani ers Oes y Cerrig yn Llyn Cwm Llwch. A dychwelyd yno wnaeth hi pan redodd i ffwrdd, dim ond i ddarganfod nad oedd neb yno wedi gweld ei cholli. Mae blwyddyn ym myd dynion fel eiliad yn ogof y tylwyth teg.

Roedd ei diddordeb mewn geiriau yn anghyffredin i ferch. Byd dynion yw byd y beirdd. Caiff merched glywed yr awdlau amdanynt wedi i'r dynion eu cyfansoddi. Mae fy nghywyddau i'n cael eu canu i ferched bonheddig: Morfudd, Dyddgu, Angharad. Ond ar ei chyfer hi y maen nhw i gyd mewn gwirionedd. Y ferch ddienw. Hi yw sylfaen yr awen a'r ysbrydoliaeth i ganu.

Dywed rhai pobl mai eneidiau'r hen dderwyddon yw'r tylwyth teg. Derwyddon oedd yn rhy dda i uffern; yn rhy baganaidd i'r nefoedd. Yn eu hogof mae byd o hapusrwydd llwyr ac anfarwoldeb. Pan fyddan nhw'n dod i'n byd ni, byddant yn dod â llawenydd, yn diddanu dynion â'u canu melys melys. Byddai hynny'n esbonio'i diddordeb yn fy hen grefft, a sut y gwyddai am fedd Taliesin.

Teithiodd gyda ni ar gylch y glêr o gwmpas Cymru am flwyddyn gron. Doedd hi ddim yn dilyn crefydd Rhufain ar y pryd. Cadwai draw o ffynhonnau gwyrthiol Gwenffrewi a Non. Cedwais innau draw o ffynhonnau Cybi a Dwynwen, ym Môn, rhag ofn i'r seintiau adrodd am dwyll fy nghalon wrth gariadon a fyddai'n mynd a dod.

Hi oedd y gyntaf i weld cylchoedd y tylwyth teg ym Mryn-yr-Arian ar ein ffordd i Frogynin. Doedd hi ddim yn sylweddoli fy mod wedi sylwi arni'n cyffwrdd y blodau bach a'i chlywed yn sibrwd hen eiriau:

'O'r glaswellt glân a'r rhedyn mân
Gyfeillion diddan, dewch.
'E ddarfu'r nawn – mae'r lloer yn llawn–
Y nos yn gyflawn gewch;'

Roedd ei geiriau yn geinach na geiriau'r glêr. Nid mewn llys na marchnad y dysgodd y geiriau hyn ond gan y tylwyth teg. Roedd hi'n eu cymell i ymuno â hi, i ddawnsio a chanu drwy'r nos tra 'mod i a'r gweddill yn rhoi sglein ar y gerdd ddiweddaraf cyn cysgu mewn meddwdod meidrol.

Rhowch sgubau mân, briallu glân
A'ch mes i'r loywlan wledd,
Rhydd cnewyll rind a blas diflin,
Melysa'r min fel medd;
Nol hyn yn glau, oll bob yn ddau,
I'r llawr i chwarae awn,
Sain pibau nghyd heb lais yn fud,
Cyd-ddawnsio'n hyfryd wnawn.

Y tylwyth teg, sy'n ymddangos ac yn diflannu fel y mynnant, fel y gwnaeth hi ymhen y flwyddyn. Roedd creu pos fel ail natur iddi. Chlywais i neb yn dyfalu fel hi. Roedd hi'n fy ysbrydoli i ganu am bethau mewn ffordd wahanol a newydd. Ffordd yr oedd Arglwyddi'r llys yn ffoli arni.

Ond does wiw i chi ymddiried yn y tylwyth teg. Gallant dwyllo a dwyn, newid ffurf a rheibio. Swynodd fi a dygodd fy nghalon. Ond yn fwy na hyn, roedd hi'n cuddio'i henw. Ac fel morwyn Llyn y Fan Fach, nid oedd yn hawdd ei dala.

Os daw glaw, cwymp o'm llaw:
Os daw haul, hedfana.

Diflannodd wedi'r noson honno. Gallwn i ond dyfalu pam yr aeth hi dros afonydd Rheidol, Teifi a Wysg. Oedd hi'n cario fy mhlentyn, ynteu truan o dras Ffrengig oedd ymchwydd ei chroth?

A minnau bellach ar bererindod fel hyn, doeddwn i

ddim wedi disgwyl ei gweld unwaith yn rhagor. Cyn ifanced a chyn brydferthed ag erioed. Yn siarad mor ddysgedig am gerddi. Eto, ai yr un ferch oedd hi? A fyddai hynny'n bosib? Anodd coelio, a chynifer o flynyddoedd wedi mynd heibio . . . er fy mod yn credu yn y tylwyth teg . . .

> *Efa fonheddig ddigawn,*
> *Arglwyddes, dwywes y dawn,*
> *Ofer, pryd eiry cyn Ystwyll,*
> *Ymliw â thi, aml ei thwyll,*
> *Na ddylyud ddilëu*
> *Y rhwym fyth yrhôm a fu.*

21

Daeth y drol ben bore i gasglu corff fy nhad ar gyfer y bedd calch enfawr oedd y tu allan i furiau'r fwrdeistref. Rhoddwyd y gragen oedd ar ôl ohono ar ben y domen o gyrff. Doedd dim amser i ddangos parch at gorff heintus.

Gyda marwolaeth Tada roedd darn ohonof wedi marw na ddeuai fyth yn ôl. Roedd y cefn cynnes, dibynadwy wedi mynd. Anodd oedd dirnad taw arno fe, nid ar Mam nac Agnes, y disgynnodd y Medelwr Mawr. Doedd e ddim yn ddyn holliach o bell ffordd – roedd ei besychu'n ddiddiwedd – ond ro'n i'n gwybod nad pothelli gwaed a thafod du'r pla a'i lladdodd.

'Mae 'na si ar led am dwymyn newydd – twymyn wahanol,' meddai Mam. 'Mae pobl sy'n ymddangos yn holliach yn mynd i'r gwely i gysgu gyda'r nos a byth yn deffro . . . Nest? Be wna i hebddo fe?' Roedd ei galar yn dorcalonnus. Roedd sylweddoli y gallai heintiau newydd ein taro yn peri ias, ond roedd wynebu'r ffaith mai meidrol oedd Tada yn sur, fel bustl yn fy ngheg. Corddai teimladau o aflonyddwch ac ansicrwydd fel islais i 'modolaeth. Allwn i ddim dioddef meddwl na fydden ni'n teimlo'i gadernid tawel byth eto. Closiodd y teulu at ei gilydd – merched i gyd nawr. Efa, Gweirful, Rhiannon, Nest ac Agnes.

'Dwi'n dechrau teimlo'n anniddig, Mam. Teimlo y dylswn i fynd i ffwrdd. Ddim am byth, o anghenraid. Am gyfnod, efallai, i ddod i delerau â'r golled.' Roedd Mam yn cydymdeimlo, yn deall yr ysfa yma ynof fi'n well na neb.

'Beth am Rhys?' meddai. 'Byddai'n well i ti gael cwmni. Wyt ti wedi meddwl mwy am . . .?'

'Beth?' holodd Gweirfyl, yn fusneslyd.

'Wel, byddai nawr yn amser da i briodi, efallai. Does dim trefn ar gymdeithas ar ôl y pla, ac mae'r hen reolau am bwy all briodi pwy wedi mynd, am y tro. Manteisiwch ar hynny.'

'Ei wrthod wnes i, Mam,' atebais. 'A beth bynnag, hoffwn i fod ar fy mhen fy hun am gyfnod. Dwn i ddim fydda i byth yn barod i briodi.'

'Lle welaist ti e?' Roedd llais Gweirful yn bigog i gyd. 'Lle mae e wedi bod?'

'Ddaeth e ata i ar ôl bedyddio Agnes,' esboniais. 'Mae e wedi bod yn cysgodi yng Nghapel Ceridwen, gyda'r crefftwyr.'

'A gofynnodd i ti ei briodi?'

'Wel naddo, ddim yn uniongyrchol, ond dyna oedd e ar fin ei ofyn . . .'

'Sut fedri di fod mor siŵr?' Roedd llais Gweirful yn codi, ei grudd yn cochi.

'Gweirful, be sy'n bod?' gofynnodd Mam. Roedd golwg ofnus ar Rhiannon.

'Nag yw e'n amlwg?' meddai Gweirful, a rhoddodd ei dwy law ar ei bol. 'Rhys yw tad y babi, Nest!'

'Am hynny roeddet ti'n sôn y noson honno yn yr eira?' gofynnais wedi iddi dawelu. 'Gofyn maddeuant am hynny oeddet ti pan ddest ti'n ôl?'

Roedd yr ateb yn ei llygaid.

'Gweirful – dydw i ddim yn disgwyl i ti ddeall hyn, ond yr hyn dwi'n ei deimlo ar ôl clywed hynna yw rhyddhad. Rwyt ti wedi gwneud ffafr â mi.'

Mewn gwirionedd, roedd hyn yn datrys fy mhenbleth. Os bûm yn poeni am ateb Rhys, wel, doedd dim dewis bellach. Allwn i ddim ei briodi nawr; roedd e'n caru Gweirful. Roedd hyn yn gwneud popeth yn symlach. Y dewis oedd craidd fy ansicrwydd. A nawr, roedd popeth yn gwneud mwy o synnwyr i mi. Doeddwn i ddim yn disgwyl i Gweirful na neb arall ddeall hynny.

'Dewch i ni gael mynd allan am ychydig,' meddai Mam yn ofalus.

Beth oedd hi'n ei deimlo am yr hyn a ddadlennodd Gweirful, tybed? Doedd hi ddim yn ymddangos ei bod am basio barn.

'Rhiannon, dere â charthen bob un, i ni gael eistedd arnyn nhw tu fas. Fe wnaiff awyr iach les i ni gyd.'

Aethom ein pedair i lawr at lannau'r afon. Roedd y dŵr yn glir a chroyw, a brithyll yn llonydd llonydd ger y lan. Meddyliais am fy mrodyr, a Tada, a sut y byddent wedi cosi'r pysgodyn a'i ddal, petaent yma. Sut y byddent wedi mynd i chwilio am olion afanc i fyny'r lli, neu bysgota eog yn y gwanwyn.

Roedd yn ddiwrnod mwynach nag a fu ers tro, a'r eira'n dechrau dadmer. Doedd dim llawer ohono dan ein traed wrth yr afon, gan fod y coed bedw'n cysgodi'r glannau rhag y tywydd mawr.

'Baswn i'n hoffi tasen ni'n byw yn ein hen gartref!' dywedodd Rhiannon, a'i llygaid yn llawn dagrau.

'Pam, cariad?' holodd Mam.

'Am fod pawb yn fyw bryd hynny, ac am fod pethau'n fwy syml,' dywedodd, gan saethu gwewyr drwy'n calonnau.

'Dere 'ma, Rhiannon,' meddai Mam yn gynnes wrthi. 'Dere ataf fi ac Agnes. Mae gen i stori arbennig i'w hadrodd i ti. Y stori orau un. Digwyddodd e i gyd amser maith yn ôl, cyn i mi gwrdd â Tada. Fe fues i'n crwydro gan ddilyn bardd am flwyddyn gron – oeddet ti'n gwybod hynny?'

Ond doedd Rhiannon ddim wir yn gwrando. Doedd hi ddim yn ymateb fel fi i'r geiriau yna. Roedd gwybod

bod ei mam yn dweud stori fach yn ddigon o gysur iddi, a gallwn weld ei bod ymhell yn ei meddyliau ei hun, a llais Mam yn ganu grwndi braf yn y cefndir iddi.

'Dwi'n meddwl dy fod ti wedi cwrdd â'r un bardd yn y priordy neithiwr, Nest.'

'Bardd a Rhys mewn un noson – dyna fywyd cyffrous!'

Roedd yr hen Gweirful yn ei hôl. Ac er bod ei thafod yn finiog, roedd hi'n anodd peidio â gwenu. Cymryd arnaf ei hanwybyddu wnes i.

'A dwi'n credu dy fod ti'n iawn, Nest,' dywedodd Mam. 'Mae'n bryd i ti feddwl am fynd.'

'Ond fyddi di'n iawn, Mam?'

'Fydda i ddim yn fwy unig nag ydw i'n barod, Nest.' Mwythodd dalcen Rhiannon. 'Er eich bod chi ferched o gwmpas, unig tu fewn fydda i heb Tada. A bydd yn rhaid i mi ddysgu dygymod â'r unigrwydd hwnnw. Dyw e'n gwneud dim gwahaniaeth faint o gwmni sydd gen i.' Tawelodd am funud cyn dweud, 'Mae'n gyfle da i fynd, Nest. Does dim rhwystrau, fel cynt. Mae rhyw ryddid newydd yn yr awyr. Rhyddid sy'n cael ei roi i bawb sy'n goroesi'r pla. Ond os ei di, efallai na ddoi di fyth yn ôl.'

'Pam hynny?'

'Does wybod beth fydd yn dy wynebu – pwy y gwnei di gwrdd â nhw. Pa anturiaethau gei di . . .'

Roedd yr awydd i fynd yn dwysáu; gwnâi i'r peth apelio fwy fyth.

'A rhag ofn na ddoi di 'nôl, mae rhai pethau y dylet eu gwybod amdanaf i, ac amdanat ti dy hun. Ac mae eisiau i dy chwiorydd glywed amdanynt hefyd.'

Rhyw hanner gwrando oedd Gweirful, a Rhiannon yn hanner cysgu. Roedd Agnes yn rhy fechan i ddeall unrhyw beth. Felly wrthyf fi, yn fwy na neb, y dywedodd hi'r cyfan. A syrthiodd popeth i'w le.

'Diwrnod trist yw hwn, ferched. Rydych chi wedi colli Tada, a finnau fy ngŵr.' Siaradai'n dawel dawel. 'Ond nid ti, Nest,' meddai Mam, gan edrych i fyw fy llygaid.

'Beth wyt ti'n ei ddweud, Mam?' Roedd fy ngheg yn sych, a'm calon yn curo fel gordd. 'Nagoedd Tada'n dad i mi hefyd?'

'Nac oedd.'

Ateb bach, pitw. Doedd hyn ddim yn ddigon. Dechreuodd teimladau o banig a dryswch stwnsio, stwnsio tu mewn i mi. Ro'n i'n ei chael hi'n anodd siarad.

'Pwy yw fy nhad, felly? Wyt ti'n gwybod?'

Teimlwn y fath ddicter am yr hyn roeddwn newydd ei glywed. Pam aros yr holl flynyddoedd? Mae'n rhaid ei bod yn gwybod, neu oedd hi? Roedd fy hunaniaeth yn cael ei droi ben i waered, a doedd hynny ddim yn deimlad braf. Ond atebodd Mam yn bendant, a'i llais yn gadarn.

'Dafydd.'

Disgwyliodd i mi ymateb ond doedd dim geiriau'n dod. Ro'n i ar goll yn y sgwrs orffwyll y tu mewn i 'mhen. Oedd hi wedi meddwl cuddio hyn oddi wrthyf am byth? Ai dim ond oherwydd digwyddiadau'r dyddiau diwethaf yr oedd hi'n ei ddatgelu?

'Fi oedd popeth iddo am ychydig,' meddai Mam yn dawel. 'Roedd ei feddwl ar chwâl am gyfnod; pob profiad o gariad yn troi'n sur ar y pryd. Bu ganddo gariadon oedd yn gyfoethog neu'n briod, a'u gwyr yn bygwth dial arno. Doeddwn i ddim yn fygythiad nac yn gyfoethog . . . Ond roeddwn innau'n cynnig her iddo – her wahanol. Doeddwn i ddim yn gwneud fy nheimladau'n amlwg; nid oeddwn yn hawdd fy nghael. Roedd e'n hoffi hynny.'

Roedd hi'n edrych arna i, yn gwneud yn siŵr fy mod yn gwrando ar y pethau pwysig yma roedd hi'n eu rhannu am y tro cyntaf.

'Fe gefais fy nerbyn ganddyn nhw – fe a'i ewythr.'

'Ei ewythr?'

'Llywelyn ap Gwilym, yr athro barddol.'

'Cwnstabl Castellnewydd Emlyn.'

F'ymateb swta yn cuddio'r llifeiriant o deimladau tu mewn i mi. Doedd dim posib eu cyfleu mewn geiriau.

'Dyna pam oeddwn i mor drist pan glywais ei fod wedi ei lofruddio gan Richard de la Bere. Ro'n i'n wylo dros golli crefft brin, sy'n prinhau. Yn wylo hefyd dros ewythr Dafydd, tad fy mhlentyn, ac felly hen ewythr fy merch hynaf. Dy hen ewythr di.'

Sut gallai hi fod mor siŵr am hyn oll? Rhaid, felly, ei bod hi'n feichiog pan briododd hi Tada. Doeddwn i heb sylweddoli hynny. Ond, Dafydd? Doedd hi ddim wedi sôn dim am berthynas gorfforol rhyngddyn nhw.

Yn sydyn meddyliais am yr holl straeon eraill y bu hi'n eu dweud wrthyf am ei blwyddyn ar grwydr. Oedd hi wedi anghofio Richard de la Bere? Am y pethau ofnadwy a wnaeth iddi? Rhaid bod posibilrwydd, felly, ei fod e'n dad i mi.

'Ydy e'n ewythr i fi hefyd?' Rhiannon a'i chwestiynau doniol.

Daeth gwên i wyneb Mam. Doedd gen i ddim syniad pam.

'Nac ydi, Rhiannon,' atebais, gan geisio bod mor dyner ag y gallwn.

'Felly dwyt ti ddim yn chwaer i mi ddim mwy?' Y peth bach â'i llygaid mawr mawr.

'Ydw. Mi ydw i'n chwaer iti. Paid â phoeni.' Roedd ei rhyddhad yn amlwg.

Ac felly, yn raddol, y des i ddeall cymaint o bethau, i roi cyd-destun gwahanol i'r hanesion am neuaddau a llawysgrifau a cherddi a sibrwd cyfrinachau. Ond o wneud hynny, gwyddwn fod fy mywyd wedi newid am byth, a bod awyrgylch ddiniwed, gyffrous y straeon yn cymryd arnynt wedd wahanol, arwyddocaol. Efallai nad o'n i'n perthyn yma wedi'r cyfan.

Roedd y penderfyniad i fynd yn cryfhau, a'r dewisiadau'n prinhau. Ond roeddwn yn parhau i deimlo dicter tuag at Mam, er gwaethaf ei heglurhad.

'Rhedais i ffwrdd oddi wrtho. Rhith oedd ein perthynas; doedd dim dyfodol i fi fel gwraig iddo. Doedd dim dyfodol i fi chwaith fel awen i'w gerddi ar ôl i ni ddod yn gariadon cyflawn. Y tybio a'r fflyrtio oedd ein perthynas. Roedd rhaid i mi redeg i ffwrdd a ffeindio gŵr – ro'n i'n dy gario di! Fel rwyt ti'n gwybod, pan gyrhaeddais 'nôl i'r fwrdeistref roedd fy nheulu i gyd wedi marw gydag ymweliad diwetha'r pla. Er fy mod yn ferch i felinydd, doedd neb eisiau priodi merch oedd yn cario plentyn dyn arall.'

'Neb ond Tada,' poerais.

'Roeddwn i'n hardd; roedd gen i'r gist gedrwydd.' Ymbil yn ei llais. 'Roedd yn fy nerbyn am yr hyn oeddwn i.'

'Ond rwyt ti'n dweud fy mod yn blentyn siawns i ryw grwydryn o fardd!' Roedd ei ddweud fel hyn yn tynnu pob mymryn o urddas a rhamant yr oedd Mam yn ceisio'i nyddu i'r hanes. 'Does dim ots gen i beth wyt ti'n ddweud, roedd Tada yn fy ngharu fel ei ferch ei hun – fe oedd fy nhad!'

Dechreuais feddwl am ystyr y geiriau hyn oll: tad, chwaer, brawd, hen ewythr. Onid oedden nhw'n gwbl *ddiystyr* oni bai bod perthynas, bod cysylltiad i'w gael?

'Y gwirionedd, Nest, yw dy fod ti, fel fi, yn ferch i felinydd,' meddai Mam. 'Nid melinydd ceirch na rhyg, ond melinydd geiriau. Bardd yw dy dad; pencerdd. Ac fe welaist ti e yn y priordy noson bedyddio Agnes.'

'Sut fedri di fod mor siŵr o hynny?'

'Am eich bod yr un ffunud â'ch gilydd. Rwyt ti'r un ffunud â fi yn ifanc hefyd. Gwelodd y tebygrwydd rhyngom; roedd yn dy brocio i weld a oeddwn wedi pasio'r wybodaeth gyfrinachol ymlaen atat. Y bardd gorau, ond doedd dim deunydd tad ynddo fe. Dyw e ddim yn ddyn teulu. Dyn sy'n caru geiriau yn unig.'

Heb i mi sylwi, bron, roedd Rhiannon wedi bod yn gwrando'n ofalus ar hyn i gyd.

'Doeddwn i ddim yn gwybod bod rhywun yn gallu bod yn dad i ti, a ddim yn dad i ti hefyd,' oedd ei sylw doeth.

Cyffyrddodd â rhuddin y gwirionedd.

Oherwydd trafod gair y buon ni.

Ystyr gair.

Dyna i gyd.

22

'Dewch i'r felin, at y tân, i mi gael dweud yr hanes i gyd.'

Roedd parablu Mam fel sŵn yr afon yn y cefndir, ac ro'n i'n teimlo'n oer. Fel y dŵr. Roedd ei geiriau'n llifo drostaf heb i mi sylwi bron, wrth i mi geisio dygymod â phwy oeddwn i mewn gwirionedd.

Eglurodd Mam wrth Rhiannon sut oedd wedi gweld y beirdd yn gwersylla ar lan yr afon ar noson braf o Fai. Sut y cafodd ei chyfareddu gan eu miri a'u geiriau. Roedden nhw'n mynd o un noddwr i'r llall ar eu taith glera, o un neuadd gyfoethog i un arall, o Fôn i Fynwy. Symud ymlaen o hyd ac o hyd, heb setlo na magu gwreiddiau. Wrth ffarwelio ag Ifor Hael ym

Masaleg, byddent yn troi am gartref Ieuan Llwyd ac Angharad yng Nglyn Aeron. Soniodd am y llawysgrif enwog oedd yno – *Le Roman de la Rose*. A Dafydd wrth ei fodd, ar binnau eisiau ei weld. Gwyddai y byddai Ieuan yn fwy na bodlon ei dangos – dim ond iddo ganu cerdd o fawl iddo ef a'i wraig.

'Cychwynnwyd ar y daith hir ar draws gwlad am Gaerfyrddin. Aeth Dafydd i'r eglwys i weld y grog. Roedd ar ei liniau o'i blaen am oriau.' Roedd Mam yn ei helfen nawr. 'Ymlaen o Gaerfyrddin am Abaty Ystrad-fflur, lle croesawyd Dafydd gan yr hen fynachod. Ro'n nhw'n ei gofio'n fachgen ifanc gyda'r nofisiaid yn dysgu Lladin. Yn ei ddireidi, gofynnodd i'r abad wrando ar farwnad yr oedd newydd ei chyfansoddi. Marwnad i Angharad, gwraig Ieuan Llwyd, Glyn Aeron.'

'Marwnad?' holodd Rhiannon.

'Cerdd i rywun sydd wedi marw yw marwnad. Rhywun pwysig a chyfoethog.'

Fyddai neb yn canu marwnad i Tada, meddyliais.

'"Ond mae Angharad yn fyw!" dywedodd y Brawd wrth Dafydd. 'A wyddost ti beth oedd ateb Dafydd?' Edrychodd arnaf. Ond doedd hi ddim yn disgwyl ymateb. Dynwaredodd ei lais:

'Marwnad yw'r mawl mwyaf y gall bardd ei gynnig i'w noddwr, felly beth am ysgrifennu marwnadau i'r noddwyr cyn iddynt farw?'

Roedd wyneb Mam yn wên lydan wrth sôn am yr abad nad oedd yn medru cuddio'i chwilfrydedd. Closiodd Rhiannon ati.

'Ac meddai'r abad, "Rwyt ti'n torri confensiynau'r beirdd. Rhaid i Angharad fod wedi marw cyn iddi gael marwnad. Dwyt ti ddim fod i glywed dy farwnad dy hun . . ." Ond roedd e eisiau clywed y gerdd, er hynny, a dyma fe'n dweud, "Tyrd, i mi gael ei hysgrifennu ar femrwn wrth i ti ei hadrodd i mi, ac fe roddaf wers i ti ar yr un pryd sut i lunio llythrennau Cymraeg." '

Erbyn hyn roeddwn yn dechrau meirioli, yn dechrau mwynhau'r dweud. Soniodd Mam am sut y cofnodwyd y farwnad ar femrwn cyn offeren ganol dydd.

'Gallai Dafydd gyffwrdd â'r geiriau nawr. Roedd ffurf iddynt, ffurf a oedd yn edrych yr un peth bob tro y byddai gair yn cael ei ysgrifennu. Roedd wyneb i'r gair, a phersonoliaeth bron. Nofio heb ffurf yn niwl ei feddwl y byddai geiriau cyn hynny; yntau'n eu tynnu i flaen y cof pan oedd eu hangen arno. Yna fe ganodd cloch yr offeren, a heb yngan gair, cododd y mynach ei gwcwll. Dechreuodd lafarganu. Gadawodd Dafydd i ryfeddu ar ei waith ar y memrwn.

'Roedd bod yng nghartref Ieuan Llwyd, Glyn Aeron, yn bleser pur i Dafydd. Yn ddyn o'r un ardal, siaradai'r un iaith ag ef. Roedd ei groeso'n hael o ran nawdd ac o ran cwmni. Troesant yn yr un cylchoedd llenyddol ers blynyddoedd. Roedd yr uchelwyr Cymreig yn gallu troi cefn yn ddistaw bach ar y brenin ac ymhyfrydu yn niwylliant cynhenid Ceredigion. Wel, am y tro, o leiaf. Roedd ei neuadd, fel un Ifor Hael yng Ngwernyclepa, yn barod am wledd a gwesteion a beirdd.

'Pan gyrhaeddon ni yno roedd hi'n noson o storm enbyd, a chyn gynted ag y daeth Dafydd drwy'r porth, gosododd Ieuan fantell o'r brethyn Gwyddelig gorau drosto a'i dywys i mewn i'r neuadd enfawr, yn barod am y wledd. Y noson a fyddai'n newid fy mywyd . . .'

Clustiau ifanc oedd gan Rhiannon a digon oedd dweud:

'Dyna'r noson y cafodd de la Bere ei ddwylo arna i. Drannoeth, dwi'n credu bod Dafydd wedi gweld newid yn yr un fach dawel oedd yn ei ddilyn i bob man. Ro'n i wedi cael profiad brawychus, ac eisiau sicrwydd pethau cyfarwydd. Pobl gyfarwydd, a'u cyfeillgarwch tawel, pell.

'Fel cysgod fe'u dilynais – Dafydd ac Ieuan; roedden nhw'n mynd i'r llyfrgell i edrych ar y llawysgrifau hyfryd a'r *Roman de la Rose*. Doedd dim gwledd i fod y noson honno, felly fyddai neb yn gweld f'eisiau gyda'r paratoadau. Dim ond i mi gadw o'r golwg, gallwn weld a chlywed popeth heb amharu dim. Roedd llais Ieuan yn falch fel y rhuddem yn ei fodrwy.

'"Edrycha ar hon!" meddai wrth Dafydd. "Welaist ti erioed y fath beth? Sylwa ar y lliwiau, tro'r tudalennau i edrych ar y lluniau. Pa angen darllen pan fo'r rhain yn dweud y stori!"

'Gyda chipolwg cyflym arall arni, cerddodd i ffwrdd gan adael Dafydd yno, yn ei mwynhau. Fe'i gwyliais yn edrych ar y coch a'r aur, y gwyrdd a'r glas, y fioled a'r arian, y cyfan yn adrodd hanes yn gelfydd mewn llun bychan bach, manwl manwl.

'"Mae'r Fonesig Diogi yn gwahodd ei chariad i'r ardd a amgylchynir gan waliau haearn. Mae ei gwallt yn aur, a'i llygaid yn llwyd."

'Roedd yr ystafell yn wag ac eithrio'r ddau ohonom. Siarad â mi yr oedd Dafydd. Y tro cyntaf erioed.

'"Wyt ti eisiau deall mwy?"

'Sibrydodd eiriau Ffrangeg am heddwch a chytundeb cariad:

> *"Escu de pez, bôn sans doutance,*
> *Tretout bordé de concordance"*

'"Mi wn dy fod yna – yr un fach dawel. Tyrd yma i weld yn well, dylwythen deg."

'Rhuthrodd gwres drwy 'nghorff; ro'n i'n golsyn crynedig. Daeth draw at fy nghuddfan yn boenus o araf a gafaelodd yn fy llaw. Nid edrychodd arnaf; roedd ei lygaid ar y llun o hyd. Rwy'n credu bod y gerdd i Angharad wrthi'n llunio'n braf yn ei ben.

> *"A gofynag yn fagwyr*
> *O gariad Angharad hwyr;*
> *A maen blif o ddigrifwch,*
> *Rhag na dirmyg na phlyg na fflwch."*

'"Mae'r llun yn dangos lliw euraid ei gwallt a lliw llwyd ei llygaid. Mae ei gwddf yn osgeiddig ddigon. Ond y geiriau sy'n rhoi'r darlun llawn i ni. Y geiriau sy'n dweud bod ei hanadl fel persawr, a bod y liwt yn cael ei chanu'n gyfeiliant i'r cariad sydd rhwng y ddau.

A'r geiriau sy'n cyfleu sŵn y dŵr yn y ffynnon. Mae'r ardd gaeedig yn symbol o burdeb y ferch brydferth, a'r ffynnon yn gaeedig ynddi hithau. Mae Solomon yn sôn am ei wraig a'i chwaer fel ffynhonnau wedi'u selio. Does dim angen i mi gael mwy o syniadau am gerdd i Angharad nawr. Gallaf ddweud bod cariad Angharad fel wal gref o'i chwmpas, a dirmyg a gwawd yn trybowndian oddi arni oherwydd ei hanwyldeb. Os yw'r syniadau yma'n ddigon da i'r Ffrancwyr, maen nhw'n ddigon da i'r Cymry hefyd."

'Daliodd fy llygaid am ennyd. Eiliad.

'"A beth feddyli di yw ystyr y geiriau yma i gyd? Geiriau'r Roman, a'r geiriau i Angharad?" gofynnodd Dafydd. "Mae'r un fach dawel eisiau gwybod, er nad yw hi'n gofyn. Mae'r dylwythen yn dawnsio drwy'r nos ac yn gwrando'n astud pan fo gweddill y gweision yn cysgu mewn meddwdod."

'Teimlais yn anghyfforddus wrth ei glywed yn sôn amdanaf fel hyn. Roeddwn i'n poeni y byddai'n ystyried f'ymddygiad yn haerllugrwydd ac yn fy ngyrru i ffwrdd. A sylwodd e fod un meddwyn yn arbennig wedi fy hawlio'r noson cynt, a dwyn rhywbeth oddi arnaf na ddylai'r un dyn ei ddwyn gan ferch? Ond na, i'r gwrthwyneb, roedd e'n groeso i gyd.

'Dechreuodd adrodd hanes y Roman. Mewn perlewyg, soniodd am y themâu a'r stori, a gallwn weld ei feddwl barddol ei hun yn cadw'r delweddau i'w defnyddio yn ei gerdd i Angharad. Câi Angharad ei chlywed gyda'r hwyr. Cerdd a noddwyd gan ei gŵr diwylliedig, a cherdd garu gyfoes a fyddai'n taro deuddeg.

'"Mae'r carwr yn chwilio am rosyn, ond nid rhosyn cyffredin. Rhosyn sy'n cynrychioli ei ddymuniad i ennill cariad y Foneddiges yw hon. Mewn breuddwyd y mae'n cerdded ar hyd nant ir ym mis Mai, gan ddilyn ôl troed ei gariad. Mae'r seiniau a'r arogleuon yn fwyniant i gyd, ac arweinia'r camau ef at yr ardd. Mae waliau uchel o'i hamgylch. Yn yr ardd mae'r rhosyn. Yn yr ardd mae tiwtor sy'n dysgu'r grefft o garu. Mae Déduit yno hefyd – gŵr bonheddig sy'n feistr ar bleser. Maen nhw'n ei hyfforddi ac yn ei annog i ganfod y rhosyn – i feddiannu calon ei gariad." Edrychodd draw ataf i wneud yn siŵr fy mod yn dilyn.

'"Dyma fydda i'n ei wneud yn fy nghanu i. Dyma f'ysbrydoliaeth."

'Ac er na ddywedais, roedd y stori'n f'atgoffa o'i gerddi serch. Serch ataf fi.'

'Wrth esbonio'r gerdd, roedd yn darllen rhannau ohoni'n gyflym dan ei wynt. Nid Ffrangeg bob dydd prynu a gwerthu oedd yma ond iaith y llys, a doeddwn i ddim yn ei deall i gyd. Roedd gwres arbennig i'r iaith hon, a'i rhythmau a'i geiriau dieithr yn amlwg yn tanio fy meistr. Rhythais ar y llun. Allwn i ddim tynnu fy llygaid oddi arno. Sut oedd pobl yn peintio'r fath ryfeddod? Lawntiau'n frith o flodau o bob lliw a thymor, a thyweirch yn clustogi seddi moethus. Grawnwin a gwinwydd a rhosod yn dringo'n batrymau rheolaidd.

Ffynnon â physgod yn ei chanol. Canghennau'n ffurfio llecynnau cysgodol, a'r boneddigesau'n alabastr gwyn. Coed palmwydd a sbeis, eirin gwlanog, cwins, ceirios a chnau. Yna anifeiliaid bach addfwyn y goedwig – carw, cwningen a gwiwer.'

Hawdd gweld pam roedd y rhain yn cynrychioli'r ferch a'i diniweidrwydd. Haws gweld pam roedd Dafydd yn ffoli ar y gerdd.

Trodd Mam ataf a dweud:

'Roedd dy dad yn gweld popeth mewn ffordd wahanol i bawb arall, Nest. Dyna sut y gallai ddyfalu yn ei gerddi. Petai'n gweld cwningen mewn magl byddai'n ei atgoffa o boen carchar cariad. O weld gwylan yn hedfan yn rhydd, byddai'n berffaith fel negesydd serch. Roedd yn helpu ei gynulleidfa i feddwl am bethau cyfarwydd mewn ffordd anghyfarwydd.'

Yna dychwelodd at Dafydd a'r Roman:

'Edrychai'r carwr yn y llun i ddyfnderoedd y ffynnon a gweld dwy grisial fel llygaid ei gariad. Mae'n debyg fod Dafydd yn meddwl am ei fersiwn e. Oherwydd, yn glogyrnaidd a thawel i ddechrau, ond yna gan fagu hyder, clywais eiriau nad oeddwn wedi'u clywed ganddo o'r blaen:

> *"Ffynhonnau difas glasddeigr*
> *Yw gloywon olygon Eigr."*

'"Dere", meddai wrthyf, "dere i weld y llawysgrif arall yma. Mae nifer o gerddi ynddi, a dwi'n gyfarwydd â nhw i gyd."'

168

'Roedd llawer o ddualennau gwag yn y llawysgrif yma, yn barod ar gyfer cerddi eraill. Teimlodd Dafydd y memrwn glân, gwag.

'"Dere i weld, dylwythen deg, paid ag ofni. Teimla'r croen yma. Mae'n llyfn llyfn, yn barod am gerdd newydd i'w hysgrifennu arno."'

'Fedri di ddeall, Nest, pa mor bwysig oedd y munudau yna i mi? Dyna'r tro cynta iddo 'nghydnabod, iddo siarad yn iawn â fi. Fy nerbyn yn llwyr.' Roedd hi'n dechrau gwrido. Efallai bod y munudau yma'n rhy bersonol i'w rhannu, eto parhau â'r hanes wnaeth hi.

'Ac yna, fe ddaethon ni'n gariadon. Ond yn wahanol i'r noson cynt gyda de la Bere, caru tyner, cofiadwy oedd hwn. A thu allan, gallwn glywed y storm enbyd, y mellt a'r taranau'n bytheirio ac yn rhegi o hyd. Wedyn, wrth iddo gusanu fy nhalcen, estynnodd am bluen oddi ar y bwrdd gerllaw. Pluen wen y mynachod. Pluen ysgrifennu. Cosodd fy ngên â hi gan wneud i ni'n dau chwerthin ac ymlacio'n llwyr yng nghwmni'n gilydd.

'"Wyt ti'n cofio'r grog yng Nghaerfyrddin?" gofynnodd i mi. "Mae gen i gerdd amdani dwi am ei hysgrifennu â'r bluen yma. Tyrd i weld."'

'Roedd nifer o ffiolau a photeli bach gerllaw, yn sefyll yn daclus mewn rhes. Tywalltodd hylifau ohonynt, gan arogli a chymysgu'n ofalus.

'"Tyrd â'th law fach yma!"'

'Rhoddodd gledr fy llaw yn gaead ar y botel fechan cyn cwpanu ei ddwylo ei hun o'u cwmpas ac ysgwyd yr hylifau. Roedd ei gyffyrddiad mor gynnes.

'"Dyna ni. Afalau'r dderwen, ychydig o goperas a gwm i'w dewhau. Fe ddylai'r inc fod yn barod, nawr," dywedodd yn llawn brwdfrydedd.

'Yna, yn drafferthus ac amaturaidd, gafaelodd Dafydd yn y llawysgrif a dechrau ysgrifennu. Crafodd min y bluen ar y ddalen. Gallwn weld nad oedd yn ei dal yn iawn. Doedd arddull ddidrafferth y mynachod wrth ysgrifennu ddim ganddo. Ei ddawn oedd dweud y geiriau a'u rhoi at ei gilydd ar lafar, nid ar groen anifail. Efallai, hefyd, nad oedd yn canolbwyntio'n iawn gan fy mod i yno.

'"Mae angen dafad gyfan i wneud pedair tudalen ar gyfer llyfr fel hwn. A rhaid trin y croen mewn ffordd arbennig – ei dynnu a'i lyfnhau."

'Dechreuodd dynnu llun gafr ar ymyl y tudalen.

'"Rhyfedd meddwl bod pedair coes yn arfer bod gan hwn hefyd." Chwarddodd, cyn teimlo'r llyfnder dan ei ddwylo a thewi.

'Yn araf a phenderfynol, felly, ysgrifennodd ei englynion i'r grog yng Nghaerfyrddin. Byddai wedi bod yn well gen i petai wedi peintio'r geiriau yn hytrach na'u hysgrifennu, oherwydd allwn i ddim darllen. Dim gair.

'Wrth ysgrifennu, roedd natur Dafydd yn newid. Edrychai'n ddig bron, a phallodd yr eiliadau rhyngom. Roedd yn cyffesu ei feddyliau ar bapur, gerbron Duw. Yn gofyn am faddeuant am feddwl am ferched o hyd ac o hyd – hyd yn oed am wraig ei noddwr. Angharad. *"Y wraig orau o'r gwragedd."*

'Ond does dim cynhesrwydd yn y geiriau yna; talu amdanyn nhw wnaeth Ieuan. Nid fel y geiriau a ddaeth yn sgil dechrau a diwedd stori garu dy rieni, Nest. Dy rieni di.'

23

Roedd blinder rhyngom. Bu'r ddwy ohonom ar ddihun drwy'r nos bron, rhwng genedigaeth Agnes, dychweliad Gweirful, a'r bedydd brys. Yna'r bore, a chorff oer Tada . . . ac wedyn y stori garu. Roedd cwsg ymhell, a'r sioc a'r ansicrwydd gerllaw. Ansicrwydd ynghylch pwy oeddwn. Duw a ŵyr bu'n anodd i Mam gadw'r gwir oddi wrtha i ar hyd y blynyddoedd, yn enwedig a dawn geiriau gen i, a chariad at gystrawen dlos. Iddi hi, roedd hynny'n ddigon o gadarnhad taw merch Dafydd oeddwn i. Ond ro'n i'n debyg iddi hithau hefyd. A pha sicrwydd oedd yna nad oeddwn yn ferch i Richard de la Bere? Roedd fy mhen yn hollti. Cenfigennais at fy chwiorydd am gael achau mor syml, mor anghymhleth.

Ben bore drannoeth dywedodd Mam wrthyf am fynd i chwilio am Dafydd eto, yn y priordy.

'Hola'r Brodyr a yw'r beirdd wedi ailgychwyn ar eu taith.'

'Ar bererindod yr oedd e, Mam, wedi'i amgylchynu gan ladron a Saeson, nid ar daith gyda beirdd eraill.'

Roedd hi wrthi'n paratoi bwndel o bethau i mi gael mynd gyda fi. Dillad newydd o'r cistiau, llaswyr, drych. Roedd ei phrysurdeb yn annaturiol, yn cuddio teimladau dyfnion, cymhleth. Doedd dim amheuaeth mai mynd fyddai'n rhaid i mi ei wneud nawr.

'I ba gyfeiriad af i?' a'm llais yn simsanu.

'Tua'r gorllewin,' atebodd Mam yn gadarn. 'Bydd angen y rhain arnat hefyd.' A rhoddodd bâr o esgidiau lledr i mi. Rhai Eidalaidd, cain. 'A dylet ti fynd â'r sliperi melfed yma – gelli eu defnyddio i dalu am lety mis. A'r rhain hefyd.' Ychwanegodd gwpanau piwtar bach at y pentwr. 'Dilyna'r ffordd fawr Rufeinig at yr Epynt nes cyrraedd Pengefnffordd, lle mae ffyrdd y porthmyn yn croesi – o Abergwesyn yn y gogledd, a Henffordd drwy Errwd a thros afon Gwy yn y dwyrain. Cer yn dy flaen i Landdulais, lle byddi'n troi tuag at ffordd Llanymddyfri. Bydd dewis gen ti fan'no.' Gwenodd arna i. Roedd Mam yn gwybod nad oeddwn yn hoffi cael dewis. 'Gelli ddilyn y ffordd i Lansawel a Llanybydder neu fynd am i lawr cyn belled â Chaerfyrddin neu hyd yn oed Arberth. Byddi'n siŵr o ddod ar draws teithwyr eraill. Ond bydd yn ofalus. Paid â dod yn rhy agos at neb. Paid â bod yn rhy gyfeillgar. Cadwa'r llaswyr mewn golwg. Byddan nhw'n credu dy fod ar bererindod.'

'Mi fydda i ar ryw fath o bererindod,' atebais.

Roeddwn i wedi gwisgo'r dillad gorau y gallwn

ddod o hyd iddyn nhw – rhai lliwgar a chynnes. Rhoddodd hithau fantell Dafydd dros f'ysgwyddau.

Safodd y pump ohonom yn nrws y felin. Rhoddais gusan ar bob boch. Roedd golwg dawel, lonydd arnyn nhw. Ro'n i'n disgwyl i Rhiannon grio, ond wnaeth hi ddim. Doeddwn i ddim yn teimlo'n euog am eu gadael. Roedd yr holl beth yn anochel, rywsut, ac felly'n teimlo fel y peth cywir i'w wneud. Doedden ni ddim yn drist, ond doedden ni ddim yn hapus chwaith.

Roedd llwybr y felin i'w weld yn glir nawr.

'Gelli gyrraedd Llanymddyfri erbyn yr hwyr. Rhaid manteisio ar y tywydd mwyn.'

Teimlai'r fantell yn rhy gynnes amdanaf.

'Byddi di'n falch ohoni wrth geisio cysgu gyda'r nos,' oedd geiriau olaf Mam wrthyf.

24

Cerddais yn rhwydd o'r dref, yn annhebygol o gael fy rhwystro bellach, a phob swyddog ac arglwydd yn ei fedd. Eto i gyd, allwn i ddim llai nag edrych dros f'ysgwydd bob hyn a hyn. Cerddais heibio i Gapel Ceridwen, ond doedd dim sôn am Rhys yno. Gwelais Bysgodlyn a Llyn y Gludy yn disgleirio drwy frigau moel y goedwig o'u cwmpas. Wrth esgyn am y mynydd, chwythai awel oerach a thynnais fy mantell yn dynnach o'm cwmpas yn ddiolchgar. Y cyfan a welwn i nawr oedd bryncyn y Crug, yn goch dan haul tua'r chwith, a Phen y Fan tua'r dde. Mae sôn am bobl o'r oes o'r blaen yn byw yn y rhychau dwfn sy'n gylchoedd rhyfedd o gwmpas y Crug. Oedden nhw'n gyfarwydd â'r un straeon â ni? Ai'r un oedd eu cwestiynau, a'u hofnau?

Diflannodd y castell a'r priordy yn raddol bach tu cefn i mi. Welais i'r un enaid byw am oriau ac oriau. Oedd yna unrhyw un yn fyw yn y byd? Pan nad oedd golwg o bentre Llanddew na Llyn Safaddan tu cefn i mi, roedd cryn filltiroedd wedi'u cerdded. Ro'n i ar goll yn fy meddyliau, yn meddwl a welwn i 'nheulu byth eto, a meddwl am Gaerfyrddin o'm blaen.

Ymgollais yn yr unigrwydd gwych. Daeth y pethau rhyfeddaf yn ôl i'r cof. Bob hyn a hyn ymddangosai wyneb Rhys yn glir o'm blaen, ac er i mi ei hel oddi yno sawl gwaith, allwn i mo'i waredu'n llwyr. Saethai cwestiynau o bob cyfeiriad. A yw e'n caru Gweirful? Pam wnaeth e fy nhwyllo? A dechreuodd cnonyn cenfigen ei wthio'i hun yn ddygn i'm hanfod.

Ond un peth da ar y daith: doedd dim ofn arna i. Ddim hyd yn oed ofn gweld y tylwyth teg. Roedd byd heb bobl yn symlach. Efallai mai pobl oedd fy mhroblem – pobl eraill. Cyd-fyw gyda nhw, dal pen rheswm, gwrando ar eu dogma.

Wrth ddynesu at Bengefnffordd teimlais gryndod yn y ddaear – sŵn carnau gyrroedd o wartheg. Penderfynais yn y fan a'r lle y byddwn yn dilyn y porthmyn hyn i ba gyfeiriad bynnag yr oedden nhw'n mynd, boed hynny i Lundain neu Lanybydder. Os oedd gyr tu cefn iddynt, mae'n debyg taw ar eu ffordd i Henffordd y byddent. Ro'n i'n anghywir.

Daethant o'r dwyrain, tri ohonynt a gwas, gan gymryd y ffordd i lawr am Lanymddyfri. Thalon nhw fawr o sylw i mi, dim ond fy nghydnabod yn gwrtais. Roedd graen ar fy nillad. Tybed oedden nhw'n credu 'mod i'n wraig fonheddig ar ffo? Doedd dim llawer o sgwrs ganddyn nhw, a dim pall ar eu cerdded. Ymlaen ac ymlaen yr aethant, nes iddi nosi ac oeri, ond dal i fynd wnaethon nhw. Roedd rhyw olwg led-syfrdan wedi'i rhewi ar eu hwynebau, fel petaent wedi bod yn dyst i bethau ofnadwy. Roedd rhywbeth arallfydol amdanyn nhw. Nid fel y grog a'r eiconau, ond fel pobl mewn chwedlau. Gallai'r gyr fod wedi dod yn syth o Lyn y Fan Fach.

'Doedd dim gwerthu yn Lloegr. Neb ar ôl i'w prynu,' dywedodd un ohonynt yn swta. 'Rhaid oedd dod â nhw adref.'

Aethom o Bengefnffordd i Landdulais a thros Lyn Arthen. Croesi afon Gwydderig ac i'r Felindre, cyn cyrraedd Llanymddyfri. Ro'n i'n falch o fy sgidiau lledr er gwaetha'r swigod dros fy nhraed. Erbyn cyrraedd Llanymddyfri roedd hi'n gefn nos, a gadawodd y porthmyn y da mewn cae cysgodol y tu allan i'r dref, cyn mynd i chwilio am dafarn i letya dros nos.

'Dewch gyda ni,' meddai un ohonynt yn garedig. 'Dyw aros yn yr awyr agored ddim yn gweddu gwraig fel chi.'

Ac fe'u dilynais, gan adael y gwas i gysgu gyda'r

gwartheg. Byddwn yn falch o gael cysgod dros fy mhen, a chyfle i gysgu maes o law, ond yn fwy na dim ro'n i ar fy nghythlwng.

Tawel iawn oedd Llanymddyfri, fel ein bwrdeistref ninnau. Roedd pyrth y castell yn caniatáu pob mynd a dod, a chawson ni ddim trafferth dod o hyd i lety. Roedd y dafarn yn wag, a'r bara a gawsom i'w fwyta yn galed a llwyd. Llowciais y cwrw yn gyflym. Dechreuodd y porthmyn ymlacio a sgwrsio. Meddalodd yr olwg ar eu hwynebau garw.

'Ymlaen i Gaerfyrddin fory.'

Arhosais i ddim i sgwrsio. Es yn syth i lofft y gwragedd, a chael un wraig yno'n bwydo'i babi. Synnais fod gwellt glân ar y llawr, a chynfas garw drosto i arbed y chwain. Gorweddais yn grwn dan y fantell. Chefais i erioed y fath afael ar gwsg, na'r fath freuddwydion yn llawn cymhlethdod, lliwiau, pobl ac ieithoedd. Breuddwydion am de la Bere yn poeri ar fy mhen o'i geffyl gwinau, tra bo Dafydd yn crechwenu ac yn chwerthin gerllaw – ei wyneb fel ysbryd gwyn, a'i ddannedd yn ddu.

Deffrowyd fi gan grio'r baban, ac am funud neu ddwy allwn i yn fy myw gofio lle ro'n i. Ro'n i bob amser wedi deffro gartre, gyda Tada a Mam gerllaw. Teimlais hiraeth enfawr amdanynt.

'Rwyt ti wedi deffro.' Llais mam y babi. 'Wyt ti'n iawn? Rwyt ti wedi bod yn cysgu drwy'r nos a'r dydd, a noson arall. Ddes i draw bob hyn a hyn i weld a oedd twymyn arnat, ond doedd dim. Felly gadewais i ti fod.

Petai'r dwymyn arnat, baswn i wedi dweud wrth y tafarnwr yn syth, a bydde fe wedi dy daflu mas ar dy ben.'

Roedd hi'n f'atgoffa o Gweirful, yn ei dweud hi fel y mae, heb faldodi.

'Roeddet ti'n siarad yn dy gwsg, yn dweud y pethau rhyfedda!' meddai wedyn. 'Pwy yw Dafydd?'

'Fy nhad yw e,' atebais. Efallai.

Ro'n i'n teimlo mor llwglyd fel mai prin y gallwn godi. Methais â gwisgo'r sgidiau lledr, gymaint oedd y chwydd a'r boen yn fy nhraed. Gwisgais y sliperi yn eu lle.

'Mae rheina'n bert,' dywedodd hi. ''Dych chi'n fenyw gyfoethog?'

'Ydw,' atebais innau, heb feddwl ddwywaith. 'Yn gyfoethog, ond wedi colli pawb yn y pla . . .' Yna, doedd arna i ddim eisiau egluro dim mwy. 'Oes bwyd gan y tafarnwr yn ystod y dydd? Dwi'n credu 'mod i'n gallu clywed arogl bara ffres.'

Aethom ein dwy a'r babi i gorff y dafarn ac eistedd wrth y grât fawr, oedd yn prin fudlosgi. Roedd hi'n dywyll yno ond am rai pelydrau llachar a ddisgynnai fel saethau drwy'r ffenestri agored, gan oleuo ambell gadair a llechen ar lawr.

Cerddai rhywun o gwmpas y dafarn yn tacluso ac yn casglu cwpanau gweigion. Roedd yn anodd ei weld yn iawn. Allai fy llygaid ddim cynefino gan fod pelydrau'r haul mor gryf a'r tywyllwch mor ddudew yn y mannau eraill.

Dechreuodd hi ganu i'w babi. Cân Ffrengig.

'Chlywais i mo'r gân yna o'r blaen. Mae'n dlos,' dywedais wrthi. 'Wyt ti'n dod o deulu Ffrengig?'

'Roedd Mam yn canu caneuon Ffrengig i mi,' esboniodd. 'Roedd hi'n gofalu am blant marsiandwyr cyfoethog. Doedden nhw ddim eisiau clywed hwiangerddi Cymraeg. Mae enw Ffrengig gen i hefyd – Isabelle.'

Erbyn hyn ro'n i'n teimlo 'mod innau hefyd yn gymeriad mewn chwedl. Roedd yr holl brofiad yn un afreal. Un ai hynny, neu ro'n i ar goll o hyd yn fy mreuddwydion.

'Enw Cymraeg sydd gen i.'

Edrychodd yn syn arna i.

'Anarferol i rywun mor gyfoethog â thi, gyda'th ddillad Ffrengig graenus.'

Clywais chwerthiniad tawel y dyn oedd yn casglu'r cwpanau. Roedd yn gwrando ar ein sgwrs. Daeth yn nes aton ni, allan o'r golau oedd yn fy nallu.

'Nest yw ei henw,' dywedodd yn ysgafn. 'Ac nid Ffrances mohoni!'

'Rhys!'

Daeth i eistedd wrth f'ymyl, yn wên i gyd, a rhoddodd winc i Isabelle. Doeddwn i ddim yn disgwyl teimlo mor falch o'i weld; rhoddais gusan iddo'n syth. Doedd yntau ddim yn disgwyl hynny chwaith, a daeth swildod dros ei wyneb.

'Wyt ti'n iawn?' holodd yn annwyl. 'Sut ddest ti yma, Nest? Pam dest ti yma?'

'Rho dipyn o fwyd a diod i mi, Rhys, ac mi gei di glywed yr hanes.'

Ond doedd gen i ddim egni i ddweud y cyfan wrtho. Digon am y tro oedd dweud fod yn rhaid i mi adael – bod yr amser yn iawn i mi fynd.

'Dim ond ers tridiau rydw innau yma,' meddai Rhys ar ruthr. 'Roedd rhaid i mi symud i ffwrdd, Nest, i gael gwaith. Does neb ar ôl i gyflogi'r seiri maen. Mae'r tafarnwr yma yn hen ac wedi colli'i feibion i'r pla. Dwi'n cael llety a bwyd yn gyflog am redeg y lle ar ei ran.'

Dim sôn am Gweirful.

'Gadawa i lonydd i chi'ch dau,' dywedodd Isabelle ac arlliw cenfigen yn ei llais. 'R'ych chi'n adnabod eich gilydd yn dda, ddwedwn i.' Cododd, a mynd allan o'r dafarn.

'Rhys, mae gen i gwpanau piwtar; ga i dalu am fy lle gyda nhw?'

Ond atebodd Rhys ddim. Am ychydig roedd rhyw olwg euog arno. Os oedd e am ddweud, ei benderfyniad e fyddai hynny. Fynnwn i ddim crybwyll y peth – am y tro. Ac yna, dyma fe'n gofyn, 'Ddaeth hi ddim 'nôl?'

Meddyliais innau am funud, cyn gofyn yn ddiniwed, 'Pwy, Rhys?'

Atebodd e mo 'nghwestiwn. Roedd fel petai'n ailfeddwl, yn pwyllo. Yn amlwg, doedd dim syniad ganddo fy mod i'n gwybod y cyfan. Doeddwn i ddim yn siŵr iawn sut i ymateb.

Roedd ei gwmni'n ddifyr; peidiodd â bod yn swil ac roedd ein sgwrsio'n rhwydd a byrlymus. Roedd ein dwylo'n estyn allan wrth siarad, yn cyffwrdd yn ysgafn â braich neu ysgwydd y llall. Doedden ni ddim fel brawd a chwaer, na chyfeillion. Roedden ni fel hen gariadon. Ac am y tro cyntaf erioed, doedd y teimlad ddim yn fy nychryn. Ro'n i'n barod amdano. Ond doeddwn i ddim yn gallu cysoni hynny â'r ffaith fy mod i'n gwybod rhywbeth nad oedd e ddim.

'Mae'r porthmyn wedi mynd yn eu blaenau am Gaerfyrddin ers bore ddoe,' dywedodd pan eglurais mai eu dilyn nhw a wnes i Lanymddyfri.

'Faswn i ddim yn gallu cerdded yn bell iawn ar y funud; mae 'nhraed i mor boenus.'

Cododd Rhys a 'mofyn bowlen yn llawn dŵr hallt, cynnes.

'Rho dy draed yn hwn am ychydig,' gorchmynnodd, a'r hen wên yn ôl ar ei wyneb.

Roedd bara ffres ganddo hefyd. Bwytais yn awchus fel tlotyn diwerth mewn dillad crand.

'Dwi am aros yma nes bydd fy nhraed wedi gwella,' dywedais. 'Dwi ddim yn siŵr iawn ble i fynd o'r fan hyn, p'run bynnag . . .'

'Nest,' meddai Rhys yn ddifrifol, 'mae'r gwahoddiad mor ddiffuant ag erioed. Gad i ni fynd gyda'n gilydd i Gaerfyrddin. Gallwn ni ddal un o'r llongau sy'n hwylio i Ffrainc, y llongau sy'n dod â gwin a halen i'r uchelwyr. Beth am fynd yno, i Gasgwyn. Be ti'n ddweud?'

'Nagoes yna ryw ryfeloedd, rhyw frwydrau mawr yn

Ffrainc o hyd?' meddwn yn amheus, cyn ychwanegu, 'Y cyfan dwi am ei wneud ar hyn o bryd, Rhys, yw mynd i orffwys eto!'

Edrychodd arna i'n siomedig. Roedd rhywbeth mor apelgar am ei natur bachgennaidd ac ro'n i'n teimlo'n gwbl gyfforddus gydag e. Gwenais arno, heb ddweud yr un gair am funud neu ddau. Oedd e'n credu y gallai ddechrau bywyd newydd gyda fi a chuddio'r gwir am byth? Y gallwn i adael gyda fe, nawr, y funud hon?

Tynnodd fy nhraed o'r bowlen a'u sychu'n dyner dyner â lliain glân. Roedden ni'n adnabod ein gilydd mor dda, ond roedd celwydd mawr rhyngom ein dau.

'Os ydyn ni am fynd ar daith mor bell,' dywedais yn ofalus, 'efallai y byddai'n well i ni ddweud y gwir wrth ein gilydd yn gyntaf, Rhys.'

Trodd ei wyneb yn gwmwl du. Edrychai fel lleidr oedd wedi cael ei ddal yn dwyn.

'Ond dim nawr,' ychwanegais. 'Rydw i'n rhy flinedig nawr. Ar ôl i mi orffwys. Fyddi di'n dal yma pan ddof fi lawr?'

'Yma y bydda i yn aros amdanat ti, Nest. Ti'n gwybod hynny,' a chusanodd fy mys modrwy, ond nid oedd yn gallu cwrdd â'm llygaid.

Gawn ni weld, meddyliais. Allwn i ddim cymryd unrhyw beth yn ganiataol ddim mwy. Yn y llofft, roedd fy nghwsg yn drwm a difreuddwyd y tro hwn, ac wrth ddeffro teimlais, o'r diwedd, fy mod yn dechrau bwrw fy mlinder.

Cadwodd Rhys at ei air. Yno roedd e, yn gweini ar borthmyn oedd newydd gyrraedd o gyfeiriad Caerfyrddin. Rhoddais innau help llaw iddo weddill y dydd. Roedd y prysurdeb yn atal unrhyw sgwrsio o ddifri rhyngom. Tynnai ni'n nes at ein gilydd hefyd. Y cydweithio, rhannu baich, rhannu jôc, a'r cyffwrdd dwylo nawr ac yn y man.

'Nos da, Nest,' dywedodd yn hwyr y noson honno, wedi i'r lle wagio.

'Nos da, Rhys. Wela i di'n y bore.'

Chusanodd e mohona i. Ro'n i'n siomedig.

25

Dafydd

Fel y gŵyr pob dyn dysgedig, mae mwynhau cerddi a gwrando ar straeon yn lleihau'r perygl o ddioddef anhwylder mawr ein hoes. Mae dy dalcen fel lili, rwyt ti'n sefyll yn fain fel petaet o dan we aur. Cerais ti ers amser maith, â'm holl nerth. Ac mae'r teimlad yna'n barhaus. Dyna sut y gwnei di osgoi'r pla. Bydd dy feddwl yn llawn meddyliau prydferth. Ni fydd lle i'r meddyliau drwg sy'n annog y salwch i fagu.

> *Niwl y gaea', arwydd eira:*
> *Niwl y gwanwyn, gwaeth na gwenwyn.*

Ffŵl fyddai'n dweud nad yw'n gwybod beth yw'r gwenwyn.

Canaf am yr wylan a'r gwynt; am wallt merch a'r pethau sy'n gwneud i mi chwerthin. Yr wylan deg ar lanw. Duw a ŵyr dy fod yr un lliw ag eira a'r lloer wen. Mae dy brydferthwch yn glir fel darn o'r haul neu fel maneg o grisial halen! Ac wedi i mi ganu'n brydferth am rinweddau'r wylan, byddaf yn ei defnyddio fel negesydd i anfon gair o gariad at y ferch rwy'n ei charu. Gofynnaf i'r wylan ganfod y foch hyfrytaf, i mi gael clywed ei neges hithau'n ôl. Os na chlywaf ganddi — dyma fydd fy niwedd. Nid y pla.

Yr wylan fach adnebydd,
Pan fo'n gyfnewid tywydd;
Hi hed yn deg ar adain wen
O'r môr i ben y mynydd.

Dyna ddywedodd y glêr am yr wylan. Yn fy ngherddi i, bydd yr wylan yn mynd ymhellach na'r mynydd; bydd hi'n adnabod fy nghariad. Ond diflannu wnaeth hi – i ganol storm y noson honno yng Nglyn Aeron. Gwahanwyd ni gan ei drais a chan y glaw oer.

Allwn i ddim fod wedi canu'n felysach yn fy ngherddi, ond dyfod i'm lladd wnaeth y pla. Er y pererindota, er yr ymweliadau â'r grog, cafodd afael arnaf. Bu ffynhonnau Gwenffrewi a Non yn dda i ddim i mi. Ni fydd gwella o'r pla – y biwbos du, drewllyd.

Yn Nhalyllychau fe'u clywaf nawr yn cloddio'r bedd ac yn ei daenu â'r calch a fydd yn difa fy nghorff. Yna, ni fydd neb ond yr abad ar ôl.

26

Bore drannoeth doedd dim modd ein tynnu ar wahân. Roedd y ddau ohonom yn gwybod mai gyda'n gilydd yr oeddem am fod, a doedd dim angen dweud hynny gan fod y teimlad mor reddfol a chryf rhyngom ni. Ond roedd yna faterion eraill y byddai'n rhaid eu trafod. Rhaid oedd datgelu pob peth, sôn am bob gofid a phryder. Doedd dim lle i gyfrinachau nawr. Daethom at ein gilydd yn syth heb ddweud dim, dim ond gadael i'r cusanau siarad.

Buom yn eistedd mewn mudandod ein dau, gan ddal dwylo am yn hir, hir. Roedd marwydos y tân wedi diflannu, a grât llwyd ac oer oedd o'n blaenau. Yna dechreuodd yr haul wneud pyllau llachar o olau ar y llawr, fel y diwrnod cynt, a gallem glywed diferion yn disgyn yn rhythmig wrth i'r pibonwy ddadmer tu allan.

Cododd Rhys a 'nhynnu i'w ddilyn i'r awyr iach. Roedd yr awyr yn las a gallwn glywed yr afon yn gryf ei llif, nawr bod yr eira'n troi'n ddŵr ac yn llifo o'r bryniau. Ond doedd dim adar i'w clywed. Byddai hynny wedi bod yn ormod i'w ddisgwyl. Chlywais i ddim trydar ers misoedd.

'Dwi'n teimlo'n gartrefol gyda'r castell a'r afon; mae'n debyg i'n tref ni yma,' dywedodd Rhys

Daeth un o'r Brodyr i lawr y stryd i'n cyfeiriad.

'Ond does dim priordy nac eglwys fawr yma, oes yna?' gofynnias i Rhys. 'Felly o ble y daeth y Brawd ?'

Gwelwn o'i abid mai abad ydoedd.

'Yn Nhalyllychau y mae'r fynachlog agosaf,' dywedodd Rhys.

Cerddai ychydig o bobl o gwmpas eu pethau, ond doedd dim masnach o fath yn y byd i'w weld yn Llanymddyfri. Dim marchnad o gwbl. Aeth yr abad heibio i ni'n dau gan wneud arwydd y groes. Doedd dim gwên ganddo.

'Does dim golwg dda arno, nag oes?'

'Rhys!' Isabelle oedd yn galw. 'Pwy sy'n gofalu am y dafarn?'

'Mae'n wag am y tro, Isabelle,' atebodd Rhys, 'ac awn ni ddim pellach na hyn. Fe fydda i'n gallu gweld os daw rhywun at y drws.'

Gwgodd Isabelle arnaf. Doedd hi ddim fel petai'n cymeradwyo'r agosatrwydd rhwng Rhys a fi.

'Merch y tafarnwr yw hi,' eglurodd. 'Bydd rhaid i mi fod yn ofalus. Dwi'n credu i mi gael y swydd gan fod ei thad yn gobeithio y gallwn ofalu amdani, a'r babi.'

'Glywsoch chi?' Daeth Isabelle yn nes aton ni. 'Mae'r abaty yn wag. Pawb wedi mynd. Roedd yr abad wedi aros yno i gladdu rhyw bencerdd a ddaeth gyda'r pererinion o gyfeiriad Aberhonddu, ond nawr mae'r abad wedi gadael hefyd.'

Roedd tyrfa fach wedi ymgasglu o gwmpas y Brawd ac yn ei wthio i bob cyfeiriad. Pawb am y gorau â'u 'cymera fwyd!'; 'dyma gwrw i ti!'; 'gwranda ar fy nghyffes!' Druan ohono. Roedd ei wyneb yr un peth ag un pawb arall. Yr un oedd ei ofnau a'i bryderon yntau.

Doedd dim golwg dduwiol arno, beth bynnag oedd ystyr hynny y dyddiau hyn.

Teimlwn yn wag i gyd. Dafydd fu farw yn Nhalyllychau, roeddwn i'n siŵr o hynny. A nawr doedd dim mwy ar ôl i'w ganfod. Dim ond dygymod â'm teimladau. Roedd Rhys yn aros amdana i wrth ddrws y dafarn. Arweiniodd fi yn ôl at ein setl wrth y tân a chlodd ein dwylo yn ei gilydd yn syth.

'Mae'n bryd i ni'n dau ddechrau siarad o ddifri,' dywedais.

A dechreuais ar yr hanes, gan adrodd o'r dechrau'n deg, a gweithio drwy bob manylyn posib. Roedd yn gyfle i mi roi trefn ar y stori er fy mwyn fy hun, heb sôn am neb arall. Gwrando'n astud wnaeth Rhys.

'Roedd Mam yn grediniol taw Dafydd oedd fy nhad, Rhys. Yn credu'r peth mor gryf fel nad oedd lle i amheuaeth.'

'Felly pam wyt ti'n amau'r peth?'

'Achos 'mod i'n gwybod nad oedd hynny'n ddim mwy na gobaith, mewn gwirionedd.'

A rhannais y cymhlethdod yn fy stori, sef Richard de la Bere, ffefryn brenin Lloegr.

'Doedd Mam ddim yn ddigon dewr i gydnabod y cwestiwn, a finnau ddim yn ddigon dewr i'w ofyn . . . Fe allwn i fod yn blentyn siawns, Rhys, yn fastard bach i Richard de la Bere – fel degau o blant ar hyd a lled de Cymru.'

'Beth fyddai orau gen ti?' gofynnodd Rhys yn wamal braidd. 'Bod yn ferch i fardd neu'n ferch i farchog?'

'Dydy'r naill na'r llall yn berffaith.'

'Wel,' meddai Rhys wedyn, 'beth sydd well gen ti? Bod yn Gymraes, ynteu'n rhan o'r hil newydd, yn gymysgedd o wledydd ac ieithoedd?'

'Dwi ddim yn siŵr a ydw i eisiau ateb . . .' dywedais innau, a 'mhen yn hollti gan y cymhlethdod. 'Mi faswn i'n gallu herio pawb a phopeth a cherdded i Lundain, yn syth i mewn i lys y brenin ei hun,' dywedais yn wyllt.

'A beth fyddet ti'n ei ddweud wrth y brenin?' chwarddodd Rhys. 'Hei, fy nhad i oedd dy law dde di yn erbyn Ffrainc! Mae gen i hawl i dir a rhyddid! Go brin y byddai'n gwrando arnat ti, 'merch i.'

Roedd e'n swnio mor gall, mor ddoeth. Roedd e'n f'atgoffa o rywun arall . . .

'A beth am Tada?'

Beth am y dyn yr oeddwn wedi ei *alw*'n dad i mi? Gwrandawodd Rhys yn astud arnaf yn sôn am Tada, y dyn a briododd Mam heb wybod ei bod yn feichiog yn barod.

'Fe ddangosodd bopeth i mi, Rhys. Amynedd Tada ddysgodd i mi adnabod arwyddion y tywydd yn yr awyr, chwilio am enfys ben bore, a deall bod rhai planhigion wrth eu bodd yn tyfu ar bridd sâl. Dyma'r dyn a ddysgodd i mi fyw.'

'Ac efallai mai dyna'r dyn rwyt ti eisiau i fod yn dad i ti, Nest,' dywedodd Rhys. 'Beth bynnag, pwy arall allet ti fod? Pwy wyt ti eisiau bod?'

Rhoddodd ei ddwy law bob ochr i'm gwasg a'm

tynnu ato i eistedd ar ei lin. Atebais i ddim am ennyd. Llwyddodd i'm tawelu fymryn â'i dynerwch. Roedd yn deimlad braf.

'Dwi eisiau dod o'r un stabl â Dafydd. Hoffwn i feddwl bod fy nghariad at eiriau yn rhodd ganddo fe.'

Gwenu wnaeth e, dyna'r cyfan. Wrth edrych arno, dechreuais feddwl am Gweirful a bu tawelwch rhyngom am dipyn. Yna dywedodd Rhys, yn bwyllog reit:

'Gwranda, Nest, rwyt ti'n fyw. Wedi goroesi. On'd ydy hynny'n ddigon? Mewn gwirionedd, ychydig iawn o bobl sy'n gwybod pwy ydyn nhw y dyddiau hyn.'

Roedd ei wyneb mor daer. Ei ymbil mor ddiniwed.

'Dy dro di nawr, Rhys,' oedd y cyfan a ddywedais wrtho.

Cusanodd fi'n ysgafn i ddechrau, cyn gafael yn dynn dynn ynof fi.

'Wnei di faddau i mi?'

Cusanodd fi eto. Ro'n i'n gryndod i gyd, ac yn gwybod yn iawn at beth y cyfeiriai.

'Beth o'n i fod i'w wneud, Nest? Mi fûm i'n disgwyl a disgwyl amdanat ti cyhyd. Fedri di ddim fy meio am fanteisio ar y mymryn cariad roddodd hi i mi, yn enwedig a thithau mor oeraidd tuag ata'i.'

'Ond pam ei gadael, felly, Rhys?'

'Hi adawodd; ei phenderfyniad hi oedd e. Allen ni ddim cyd-fyw. Yng ngyddfau'n gilydd drwy'r amser. Ti oeddwn ei heisiau o hyd. Dwi'n credu, ym mêr ei hesgyrn, ei bod hi'n gwybod hynny.'

'Gweirful druan.'

Ond mewn ffordd ryfedd, yr hyn a ddigwyddodd rhwng Rhys a Gweirful a ddaeth â ni'n dau at ein gilydd.

'Fedra i ddim esbonio pam,' meddwn, 'ond pan glywais i amdanat ti a Gweirful, fe sylweddolais nad oedd *dewis* gen i ddim mwy – i fod gyda thi ai peidio.'

Pwysodd ei foch ar f'ysgwydd. Mwythais y llond pen o wallt tywyll ac ildiodd i'r teimlad, fel plentyn.

'Dwi'n meddwl 'mod i'n rhyw ddeall,' dywedodd.

'Ti'n gweld, mi wnes i ymlacio wedyn a dechrau meddwl amdanat ti mewn ffordd wahanol. Ond yn fwy na hynny, wrth gerdded am oriau ac oriau y tu ôl i'r da y dydd o'r blaen, sylweddolais fy mod i'n genfigennus ohonot ti a Gweirful. Ac yn sydyn, ro'n i'n gweld d'eisiau di. A phan welais i ti'n annisgwyl fan hyn . . .'

Torrodd ar fy nhraws. 'Dwi'n dy garu di, Nest, dyna'r gwir. Paid mynd i ffwrdd hebddof fi nawr. Gad i ni gael mynd i Ffrainc – i weld y byd, dilyn ein trwynau, byw o ddydd i ddydd. Rwyt ti'n gwybod popeth amdanaf fi nawr, a finnau amdanat ti.'

Ceisiais ddal gafael ar y darlun yr oeddwn wedi'i greu o longau Gasgwyn yn hwylio i harbwr Caerfyrddin. Roedd yr hwyliau'n llawn, y criw yn iach, a'u hwynebau'n hardd a Ffrengig. Doedd dim sôn am bla na rhyfel; roedd yr aer y lân ac arogleuon lafant Ffrainc yn gryf. Cariwyd cratiau mawr oddi ar y llong. Cannoedd o gratiau'n llawn gwin coch i Ifor Hael a Ieuan. Roedd halen yma hefyd, i'r bobl fawr gael halltu cig. Roedden ni'n dau'n cael croeso bendigedig ar y llong, ac roedd mordaith hyfryd o'n blaenau wrth iddi hwylio'n hamddenol i lawr aber y Teifi. Ar y cei roedd Dafydd a Mam, yn chwifio ar ein holau. Ro'n nhw'n edrych mor hapus gyda'i gilydd.

'Does dim cyfrinachau rhyngom ni ddim mwy. Rwyt ti'n gwybod taw fi yw tad y babi.'

Edrychais arno'n hir cyn dweud unrhyw beth. Daeth wyneb rhadlon Tada i'm cof.

'Dim ond gair yw e,' sibrydais.

Sut oedd dechrau dweud wrth Rhys nad oedd y gair hwnnw, o anghenraid, yn golygu dim.

Dymuna'r awdur ddiolch i
Siân Owen ac Ann Parry Owen
am bob cymorth.

Diolch hefyd i Academi
am yr ysgoloriaeth.